김선우의 사물들

김선우의 사물들

초판 1쇄 2021년 4월 25일

글쓴이 김선우 편집 작은배 디자인 구민재page9
펴낸곳 도서출판 단비 펴낸이 김준연 등록 2003년 3월 24일(제2012-000149호)
주소 경기도 고양시 일산서구 고양대로 724-17, 304동 2503호(일산동, 산들마을)
전화 02-322-0268 팩스 02-322-0271 전자우편 rainwelcome@hanmail.net

ⓒ 김선우, 2021
ISBN 979-11-6350-041-4 03810 값 14,000원

김선우의

사물들

김선우 글

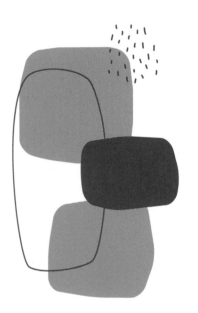

『김선우의 사물들』이 세 번째 개정판을 내게 되었다.

두 번째 개정판은 그림과 함께였고 이번엔 글로만 채워졌다. 책들이 점점 화려해지는 시절이라 글로만 채워진 작은 책을 만들고 싶었다. 초판 이후 이 책을 귀하게 읽어준 독자들의 응원이 있어 가능했다. 지난 16년 동안 이 책의 여러 군데 문장들이 교과서와 그 외의 책들에 인용되었다. 그때마다 이 책이 들려준 사물들의 이야기가 세상 속에서 새로운 항해를 시작했을 것이다.

한 권의 책이 자기 나름의 운명을 개척하고 또 새로운 운명을 잉태하는 것을 보는 일은 뭉클하다. 책이라는 특별한 사물. 새롭게 단장한 이 사물이 세상 속에서 조용하고 소박한 여행을 이어가기를.

2021년 봄, 강원도에서
김선우

여기 묶인 글들은 2002년 봄부터 쓰기 시작했다.

두 달에 한 번씩 격월간지에 연재하던 글이니 꼬박 3년 4개월 만에 스무 편의 글로 책 한 권을 이루게 되었다.

3년 4개월. 그 사이 나는 삼십대 초반에서 중반이 되었고 이제 슬슬 아름다운 나무 묘지를 꿈꾸어도 좋을 땅을 찾아 오두막 한 채를 섬길 꿈을 꾸고 있다.

글의 차례는 발표했던 순서를 그대로 살려 실었다.

세 번의 봄 여름 가을 겨울이 나를 흘러가는 동안 내가 오래 응시했던 것들의 젖은 자리랄지, 뒷모습이랄지 하는 것들이 고스란히 앉아 있는 셈이다.

그러나 지금 이 책을 손에 든 당신은, 순서일랑은 잊고 마음에 드는 제목부터 건반을 튕기듯 읽어주면 좋을 것 같다.

다만 너무 빠르지 않게, 가능하다면 하루에 하나의 사물씩만.

책을 읽는 그 순간 당신이 보고 있는 사물의 말을 오직 당신 식으로 들으면서…….

보이는 것의 뒷면은 안 보이는 것의 정면과 어떻게 연결되는 것일까. 다만 사랑이 여기 실린 사물들을 존재의 앞마당으로 불러냈다고 믿고 싶지만, 고백하건대 이 역시 나를 찾아 떠난 여행에 다름 아니다.

내게 말을 빌려준 사물들에게 감사한다.

그들의 말을 잘 알아들을 수 있는 청자이길 바랐으나, 그들이 오히려 내 말을 더 많이 들어주었다.

2005년 초여름
김선우

차례

01

숟가락,
날마다
어머니를 낳는

오늘은 내 책상에
숟가락 하나를 초대하기로 한다.

밥상이 아니라 책상에 초대된 숟가락 하나. 숟가락은 동
요하지 않는다. 끼니때를 제외하곤 하루 중 대부분 묵상에 전
념하는 그에게 내 책상은 면벽하던 선승이 잠시 다니러가는
해우소 곁 우물 같은 것. 나는 찬찬히 숟가락을 뜯어본다. 숟
가락을 들어 읽고 있던 책의 활자들을 한술 퍼담아 씹어본다.
딱딱하고 질기다. 책을 덮는다. 공기를 한술 떠 입속에 넣어본
다. 오늘의 공기에는 습습한 나물 냄새가 배어있다. 우묵하게
패인 숟가락 안쪽이 순간 반짝, 빛난다. 저 우묵한 패임에는
마력이 있다.

숟가락을 뒤집어본다. 우묵하게 패인 것들의 이면엔 볼록
한 융기가 있다. 우묵하게 패인 숟가락 안쪽에 얼굴을 비춰본
다. 오목하게 찌그러진 내 얼굴이 거꾸로 들어서 있다. 안쪽에

들어서 있는 영혼은 위험하다. 볼록하게 융기한 숟가락 뒷면에 얼굴을 비춰본다. 볼록하게 팽창한 얼굴의 내가 바로 들어서 있다. 뒷면에, 밑바닥에 닿아있는 것들은 유목을 두려워하지 않는다. 숟가락의 볼록한 뒷면은 오목한 안쪽보다 언제나 흠이 많고 더 많이 닳아있다. 볼록한 뒷면의 융기가 우묵한 패임의 마력을 완성한다.

숟가락은 둥글다. 젓가락이나 포크는 날카롭다. 숟가락은 거두어들여 섬긴다. 젓가락이나 포크는 찍거나 선별한다. 숟가락은 손 전체에 해당한다. 손가락들을 가지런히 모두 붙이고 손바닥, 손목까지 전체를 사용하는 통합 구조물이다. 젓가락이나 포크는 손가락의 기능성이 집중적으로 부각된, 부분이 확장된 구조물이다. 서양에서보다 동양에서 숟가락이 더 오래전부터 더 일상적으로 사용된 것은 우연이 아니다.

숟가락은 뜬다. 젓가락은 집는다. 숟가락으로는 물을 떠먹을 수 있다. 젓가락으로는 물을 집을 수 없다. 뜬다는 것은 모신다는 것이다. 양손 혹은 한 손을 둥글게 오므려 샘물이나 약수를 떠 마실 때, 그 행위는 단순한 '먹기/마시기'를 넘어선다. 물 한 잔을 벌컥벌컥 들이켤 때와 행위의 결과는 같다 하더라도 과정은 다르다. 찰나일지라도 그 순간에는 어떤 경건함이 스며있다. 무엇인가 숟가락으로 떠서 입속에 넣을 때 우리는 반드시 고개를 숙이게 된다. 무엇인가 젓가락으로 집어서 입속에 넣을 때 반드시 고개를 숙여야 할 필요는 없다. 손을 오므려 약수를 떠먹을 때처럼, 숟가락은 공경을 내포한다.

숟가락은 무엇인가 담기 위해 인간이 고안해낸 모든 종류의 용기들 중 가장 작다. 담는다는 것과 작다는 것. 그리하여 숟가락은 일상적인 명상을 도와준다.

푸른 감자를 긁던 숟가락

자주 들르던 포장마차가 있었다. 무주 어딘가가 고향이라던 주인아주머니는 겨울에는 홍합국을, 여름에는 미역냉국을 커다란 국그릇에 숟가락을 꽂아서 내주시곤 했다. 겨울이면 으레 붉게 언 생강처럼 터져있던 손. 어느 겨울날이었을 것이다. 국그릇을 내어주는 손에 연분홍빛 매니큐어가 칠해져있었다. 좋은 일 있으세요? 내가 물었고, 군대 간 막내아들 면회를 간다는 아주머니의 달뜬 목소리. 물일을 하다 보니 이런 거 발라볼 새가 있어야지. 손가락에 가 닿는 내 눈길에 처녀 아이처럼 서둘러 말하고는 종종걸음으로 도마 앞에 서는 희끗한 귀밑머리의 아주머니. 그러고 보니 알전구 걸어놓은 각목 횟대에 압정으로 꽂아둔 사진이 그 아들인가 보았다.

숟가락 꽂힌 따뜻한 홍합국과 언 생강 같은 손. 나는 종종 그 포장마차에서 끼니때마다 숟가락으로 감자를 긁던 한 손을 더불어 만났다.

감자밥을 짓던 손. 지금이야 별미를 좇아 감자보리밥을 떠올리곤 하지만, 열한 식구를 먹이기에 감자 없이는 역부족이던 때가 있었다. 감자를 벗길 때면 어머니는 칼이 아니라 숟가락을 쓰곤 하셨는데 칼로 껍질을 벗길 때보다 속도도 붙고 겉껍질만 되도록 얇게 벗겨내기에도 좋았다. 감자의 품종과 계절에 따라 어떤 것은 겉껍질만 아주 살짝 긁어내 푸르스름한 흰빛을 보이며 맨들거리는 속살을 보이는 종류도 있었다. 그런 것들은 대개 밥을 지어 익혀도 아릿하게 혀끝을 쏘는 맛이 남아있곤 한다. 푸른 감자가 섞인 밥을 받지 않으려고 나름대로 꾀를 내던 그 시절의 밥상. 하얀 꽃 피면 하얀 감자 자주 꽃 피면 자주 감자…… 푸른 감자를 매달던 푸른 꽃은 어머니의 젊음이 속절없이 쓸려 지나간 한 시절을 향한 어떤 독기였을까. 조금 더 두껍게 벗겨내도 그닥 티가 날 리 없는데 어머니는 한사코 무슨 신념처럼 꼭 숟가락으로만 가능한 얇게 감자를 긁어 벗기곤 했다.

아침마다 눈 비비고 일어나기 바쁘게 밥상머리에 앉을 때, 내 후각을 깨우던 감자밥 냄새와 밥상을 들고 들어온 엄마의 붉게 언 손. 으깨진 푸른 감자만 수북이 쌓이던 엄마의 밥주발.

그런 어머니도 자식들의 입학식과 졸업식 때면 매니큐어라든지 연지를 바르고 오시곤 했다. 화장기를 탄 적 없는 얼굴에 발라진 연지며 알뿌리처럼 마디진 손가락에 발라진 매니큐어가 조금은 생경스러웠지만, 어린 나는 속으로 퍽이나 즐거웠다. 저 예쁜 빛깔의 연지를 엄마는 어디에다 꼭꼭 숨겨놓고 바르지 않는 걸까. 푸른 감자를 긁던 숟가락 따위는 홀쩍 잊어버리고 예쁜 연지를 바른 엄마가 나비처럼 들판을 팔랑팔랑 날아다니는 풍경을 어린 나는 행복하게 꿈꾸었을지도 모른다.

날마다 어머니를 낳는

숟가락은 향수를 자극한다.

홀로 밥상을 놓고 앉았을 때 반듯하게 놓인 숟가락을 바라보는 일도 그렇거니와 허름한 시골 국밥집이나 포장마차에서 만나는 숟가락도 그러하다. 많은 사람들이 무언가 먹기 위해 드나드는 곳에서 만나게 되는 숟가락을 향해 나는 종종 묻는다. 이 숟가락은 몇 살일까.

숟가락으로 태어난 순간부터 지금까지 얼마나 많은 사람들의 입술을 스쳐 지금 내 앞에 놓이게 된 것일까. 얼마나 많은 사람들이 이 숟가락으로 따순 국물을 떠먹었을까.

숟가락이 불러일으키는 향수는 흔히 세상의 어미들에 대한 그리움을 동반하는데, 아마도 '둥긂'과 '먹인다'는 것 때문일 것이다. 어머니들은 먹이는 일에 열렬하다. 밥 먹는 아이를 대견하게 바라보는 어머니들의 풍경은 지상에서 가장 흔하고 가장 아름답고 또 조금은 슬픈 듯해 보이는 풍경이다.

먹는다는 일은 선택의 여지가 없는 일이다. 모든 살아있는 존재들에게, 살아있기를 희망하는 존재들에게 필연적으로 부과된 일. 선택의 여지가 없다는 점에서 존재의 치명적인 약한 고리이며 그리하여 먹는 일과 먹이는 일은 도덕적, 미학적 가치 부여 이전에 그 행위 스스로의 위엄으로 순결해진다.

볼록하게 융기한 숟가락의 부드러운 뒷면은 어머니의 젖가슴을 닮아있고 수유가 끝날 무렵부터 아이가 숟가락 쥐는 법을 배우게 되기까지 어머니는 숟가락으로 미음이나 죽 같은 이유식을 아이에게 떠먹인다. 아득한 옛날부터 신라와 백제와 고구려의 어머니들이 그러했을 것이며 앞으로의 어머니들도 역시 그러할 것이다.

태어나면서부터 우리가 거의 매일 일상적으로 접하는 숟가락이 환기하는 기묘한 향수의 근원에는 '먹이는 어머니'가 있다. 먹이는 어머니는 대지의 기억에 밀접하고 섬김의 표상으로 구체화된다.

숟가락 하나가 떠 올렸던 무수한 국물들, 숟가락 하나 속에 담겼던 낱낱의 알곡들은 우리의 몸을 섬기고 대지로 돌아간다. 숟가락 하나가 묻는다. 당신의 몸은 어떻게 대지를 섬길 것인가, 라고.

숟가락 하나 위에 둥근 열매 한 알을 올려놓는다. 숟가락 하나 위에 푸르고 정갈한 지구를 올려놓는다. 수굿이 고개를 수그리고 숟가락 하나 속에 오롯하게 앉은 어머니를 정성을 다해 삼킨다. 그리고 우리는 날마다 어머니를 낳아야 하리라.

숟가락 위의 당신

어느 경전에서 '국물 맛을 모르는 숟가락처럼'이라는 비유를 본 적이 있다. 그러나 국물 맛을 모르는 숟가락이란 없는 것이다. 짜거나 맵거나 싱겁거나 숟가락은 다만 그 모든 국물을 공경하여 묵언으로 일관하고 있을 뿐. 오래 쓴 숟가락은 영물이다.

02

거울의 비밀,
당신의
뒤편

칼을 입에 물고 거울 앞에 서본 일이 있는가.

달밤이었다. 비밀스러운 축제를 준비하듯 조금씩 긴장하면서 우리는 안방에 걸려있던 사각 거울과 날이 잘 서있던 과도를 들고 장독대에 올랐다. 칼을 입에 물고 눈을 감아야 해. 하나, 둘, 셋…… 거울 앞에서 천천히 열까지 센 후 눈을 뜨는 거야. 그러면 거울 속에 장차 사랑하게 될 운명의 사람이 나타난대.

여덟, 아홉, 열…….

그날 내가 사랑하게 될 운명의 얼굴을 보았는지 어떤지는 기억나지 않는다. 다만, 열서너 살의 앳된 중학생이던 내가 동생들과 함께 거울과 칼을 들고 장독대에 올랐던 그날이 달밤이었다는 기억은 선명하다. 그런데 이상하게도 그 밤의 달이 만월이었는지 초승이나 그믐이었는지는 기억나지 않는다. 다만, 습습한 달빛이 장독대에 나란하던 옹기들의 불룩한 배를 쓰다듬으며 홀로 앓는 사람의 이마를 떠도는 미열처럼 무언가 좀 스산한 열기를 발산하고 있었다는 것. 아마도 가까운 친지의 제삿날이었던 것 같다. 부모님이 모두 집을 비우셨던 그 밤에 나는 친구들끼리 은밀히 주고받던 풍문 하나를 확인해보고 싶었을 것이다.

아이들은 비밀스러운 것에 민감하다. 비밀을 가지고 싶어 하며 동시에 비밀 속에 혼자 남겨지는 것을 두려워한다. 아이들의 세계 속에서 멀리 떨어진 외딴 빈집은 흔히 유령의 집이 되며, 동네 저만치에서 홀로 사는 사람은 흔히 커다란 솥을 걸어놓고 무언가 괴상한 것들을 넣어 끓이며 노래를 흥얼거리는 마법사가 되거나, 학교의 미술실이나 맨 위층 끝 교실, 화장실, 연못 속에서 기이하고 섬뜩한 이야기들을 찾아내곤 한다.

비밀에의 탐닉은 일종의 놀이이면서 고정된 규칙을 위반하며 자가발전한다. 다양한 비밀의 세목細目 속에 즐겨 등장하던 거울 놀이는 사춘기를 지나 훌쩍 소녀티를 벗을 때까지 여러 가지 새로운 규칙으로 변주되곤 했다. 칼을 물고 거울을 볼 때 촛불을 들고 있어야 한다는 둥, 보름달이 뜬 밤이어야 한다는 둥, 거울을 보기 전에 머리를 감아야 한다는 둥, 반드시 혼자 해야 한다는 둥, 아이들끼리 은밀히 주고받는 거울을 둘러싼 갖가지 이야기들은 계절병처럼 어느 순간이 되면 기억 저편으로 사라졌다가 새로운 규칙을 지니고 다시 나타났다.

처음으로 칼을 물고 거울 앞에 서보았던 그 밤, 순간적인 무섬증에 휩싸여 누가 먼저랄 것도 없이 비명을 지르며 서둘러 장독대를 내려온 나와 동생들은 그날 밤 이불 속에서 이런 대화를 나누었을지도 모른다. 정말 봤어? 나는 보았다고도 보지 못했다고도 말할 수 없었을 것이다. 거울을 둘러싼 비밀은 예컨대, 라디오 속에 사는 사람들이 궁금하다거나 텔레비전 속에 사는 예쁘고 조그만 사람들의 식탁을 들여다보는 즐거움과는 다른 무엇이었으므로.

운명의 상대를 점치기 위해 들여다본, 거울 속에는, 내가 있었으므로.

꽃이 자기 얼굴을 알아보기 시작할 때

봄밤이다. 먼 산 능선에 홍반처럼 번져있던 산벚꽃들은 이미 스스로의 열기 속으로 사라졌다. 꽃이 자기 얼굴을 알아보기 시작할 때, 꽃은 진다. 사람의 삶도 어쩌면 그러할 것이다.

한 사람을 떠올린다. 나르키소스Narcissos. 그리스 신화에 등장하는 무수한 인물 중 나르키소스는 오르페우스와 더불어 예술과 철학의 담론 속에 가장 자주 등장하는 매혹적인 인물 가운데 하나이다. 먼 산의 꽃들이 하늘무덤으로 돌아간 별이 많은 봄밤에, 나는 왜 나르키소스를 떠올리는가. 예언 때문이다.

"자기 자신을 알아보게 될 때 죽게 될 것이다." 아름다운 님프 리리오페가 갓 낳은 자신의 아이의 운명을 물었을 때, 테베의 예언자 티레시아스는 아이의 운명을 이렇게 예언했다. 예언이 영험했던 것인지 나르키소스는 물속에 비친 자신의 모습을 알아보게 되었을 때 죽음을 맞았다. 그 죽음 위에 여리고 아름다운 꽃 한 송이를 남기고서.

물은 거울의 기원이다. 인간이 '거울'이라는 사물을 창조해낼 수 있었던 것은 아주 먼 옛날 인간의 조상이 물속을 들여다본 기억을 가지고 있기 때문일 것이다. 만물의 근원인 지地, 수水, 화火, 풍風의 질료 중 사물의 얼굴을 비추어주는 것은 유일하게 물이다. 어느 먼 옛사람이 물가에서 문득 자신의 얼굴을 만났을 때, 그를 흔들었던 최초의 충격은 어떤 것이었을까.

고인 물의 표면이 사물의 영상을 반사해준다는 너무도 당연시되는 사실에 아직 길들여지지 않았던 때, 물속에서 자신의 얼굴을 보게 된 사람은 그 얼굴이 자신의 것임을 단박에 알아챌 수 있었을까.

나르키소스는 수면에 비친 자신의 모습을 사랑하였다. 처음엔 그것이 자신의 모습이라는 것을 미처 깨닫지 못했을 것이다. 물속에서 자신을 바라보는 아름다운 사람의 얼굴. 그얼굴 저 깊은 속으로 은빛 물고기들이 물풀을 헤치며 사랑을나누는 풍경이 스며있었을 것이다. 그 얼굴의 흰 이마와 아름다운 눈썹이 산들바람에 하르르 지워졌다가 다시 나타날 때마다 소년은 안타까워 수척해져갔을 것이다. 잡을 수 없는, 만질 수 없는, 손 내밀면 흩어져버리는 아름다운 얼굴을 애닯게바라보다가, 어느 날 나르키소스는 문득 깨달았을 것이다. 그는 나다!

연못 속의 사랑했던 그가 자신임을 깨닫는 순간, 나르키소스의 마음은 비통한 절망으로만 기울었을까. 나르키소스를 기록한 많은 이야기들은 대부분 비극적 파국과 암담한 절망을 말한다. 그러나 내 마음은 자꾸만 나르키소스에게서민감한 영혼을 지닌 시인을 읽고 자기 존재의 이면을 보고자했던 철인의 모습을 읽는다. 하나의 풍경에 그토록 오래도록그토록 지극하게 매료되지 않고서는 풍경의 저편을 깨달을수 없다. 나르키소스의 연못은 나르키소스를 삼킴으로써 자신을 완성했다. 그토록 오래 누군가를 사랑하여 마침내 자신을 깨달은 나르키소스는 죽고, 예언은 완성되었다. 자기 자신을 깨닫기 위해 죽음을 치러내야 했던 거울의 기원은 순결하다.

사람들은 이즘ism을 만들기를 좋아한다. 이즘은 흔히 통속通俗하다. 흔히 나르시시즘을 일컬어 자아도취적인 자기애를 말하곤 한다. 나르키소스의 죽음은 경계해야 할 미성숙한 정신의 무엇으로 사람들 속에서 회자된다. 그러나 누군가를 지극히, 열렬하게 사랑하다가 그가 바로 자신임을 깨달은 자의 비극은 '나는 너다!'라는 메마른 아포리즘aporism보다 정직하다. 그가 사랑한 것이 그 자신일 때 더욱 그러하다. 자기 자신을 사랑하지 못하는 사람이 타인을 진정으로 사랑할 수 있으리라고 나는 믿지 않는다.

어느 경전의 얘기다. 사랑하는 왕비 말리카에게 왕이 물었다. "세상에서 가장 소중한 사람이 누구요?" 사랑하는 연인끼리 부부끼리 이런 물음은 흔하다. 그리고 우리의 마음은 이런 답변을 기대한다. 세상에서 가장 소중한 사람은 바로 당신이라는. 왕의 질문에 지혜로운 말리카는 대답한다. "저 자신보다 더 소중한 사람은 없습니다. 당신은 어떠신가요?" 심사가 복잡해졌을 왕 역시 오래도록 곰곰 생각해보다가 이렇게 대답했다고 한다. "나 역시 나 자신보다 더 소중한 사람은 없는 것 같소." 그들은 오래도록 서로를 사랑하고 존중해온 사이였다.

그들의 이야기를 헤아리고 붓다가 읊었다는 게송이 있다.

이 세상 어디에도

나보다 기꺼운 것은 없도다.

그토록 소중한 것 남 또한 그럴지니

제 자신을 아끼는 이

남 해하지 않으리.

　나르키소스의 연못 — 거울의 기원은 영원한 비밀을 가졌다. 비밀을 가졌다는 것은 감추어야 할 무엇이 있다는 것이 아니라 발견할 무엇을 지닌다는 것이다. 어린 어느 날 밤, 운명의 얼굴을 점치기 위해 내가 들여다본 거울 속에서 나를 바라보고 있던 그는 누구였을까. 나는 언제부터 그 얼굴이 나임을 믿게 되었을까. 문제는 '자기애' 그 자체가 아니라 자기를 사랑하는 방식이다. 자신에 대한 사랑은 거의 언제나 자신에 대한 질문을 포함하며 자신에 대한 질문은 거의 언제나 자신과의 싸움을 포함한다.

　거울은 겹겹의 빛을 버무려
　어둠을 달랜다

　예전엔 거울이 귀했다. 물건 자체가 귀하기도 했거니와 거울을 귀하게 여기는 마음이 있었다. 거울이 깨지는 것을 불길하게 여겨 거울을 소중히 다루었고 개업식이나 집들이 등 무언가 기념할 만한 일이 있을 때 거울을 선물하곤 했다. 무구巫具로 청동거울이 쓰이기도 하고 거울을 지닌 사람은 재앙으로부터 보호받는다고 믿기도 했다. 놋쇠로 만든 거울을 대문 밖에 걸어놓으면 악귀들이 거울에 비친 자기 모습에 놀라 도망친다는 얘기도 흥미롭다.

나는 상상한다. 제 얼굴이 들여다보이는 거울 앞에서 악귀들이 갸우뚱거린다. 이게 누구일까. 자기 얼굴 속에서 또 다른 얼굴을, 그 얼굴 속에서 다시 다른 얼굴을 차례차례 만나가다가, 악귀는 자기 얼굴 속에서 선한 마음 하나를 발견하게 된 것인지도 모른다. 해코지를 하러 왔다가 자기 속의 착한 얼굴을 발견하고 그 얼굴을 사랑하게 되어 돌아가는 악귀. 거울은 겹겹의 빛을 버무려 어둠을 달랜다.

거울이 흔해졌다. 집 안에서도 집 밖에서도 우리는 흔히 거울과 마주친다. 화장을 하거나 머리를 손질하거나 면도를 할 때, 양치를 하거나 손을 씻으면서 흘긋, 거울을 볼 때 우리는 다만 거울을 스쳐간다. 거울 역시 비밀을 들키지 않는다. 수많은 얼굴들이 다만 거울 위를 미끄러져갈 뿐 아무도 만나지 못한다.

거울은 자주 보기보다 오래도록 보아야 한다. 하루에 한

번 혹은 두 번, 고요한 가운데 지극한 마음으로 거울과 마주
해야 자기의 얼굴을 비로소 볼 수 있다. 그것은 거울의 비밀을
훔칠 수 있는 시간이기도 하다.

03

의자,
꿈꾸기를 즐기는
종족

당신은 무엇을 가지고 갈 것인가

언제부터인가 내 무의식의 저편으로부터 누군가 대평원의 일몰을 꿈속으로 송신하기 시작했다. 대평원. 동서남북이 모두 지평선인 평원의 한끝으로 천천히 해가 떨어진다. 하늘 전체가 무수한 농담濃淡을 지닌 붉은빛으로 천천히 뭉개진다. 분만의 흔적 자욱한 아득한 하늘 끝으로부터 비리고 뭉클한 바람이 훅, 끼쳐온다. 구름의 손이 아직 따뜻하다……

서너 살 즈음 처음 바다를 보기 전까지 내가 줄곧 바라보았던 풍경은 첩첩한 산이다. 대도시나 평야 지대에서 태어난 이들은 강원도의 첩첩산중에 들면 답답증과 외로움을 느낀다고들 하지만, 나는 탁 트인 평야 지대를 지날 때면 이상한 불안감과 외로움을 느끼곤 한다. 이를테면 김해, 만경평야 같은 곳을 지날 때 나는 신경들이 옷솔처럼 곤두서는 것을 느낀다.

끝없는 수평선에서 느끼는 평온함과는 달리 평야는 내게

기이한 공격성을 일깨운다. 첩첩한 산속이나 바닷가에서라면 나는 한 삼 년쯤 아무와도 만나지 않고 살 수 있을지 모른다. 그러나 평야 지대에서는 불가능할 것이다. 평원에 대한 공포는 나에겐 원초적인 무엇이다. 그런데 대평원의 일몰이라니? 더구나 꿈속의 대평원은 불안감이나 외로움, 공격성보다는 아득한 향수를 자극하는 쪽에 가깝다. 꿈속의 평원은 새되지 않은 묵지근하고 따뜻한 통증을 불러일으킨다.

나는 꿈꾸는 것을 즐기는 종족이다. 예기치 않은 이미지를 지닌 꿈을 꾸었을 때 천천히 꿈 밖으로 걸어 나와 아직 따끈따끈한 꿈의 맥박에 손바닥을 대보길 좋아한다. 꿈의 잔영으로 현실 속에 상상의 집 한 채를 짓는 일은 좋은 책 한 권에서 받은 감흥을 갈무리하는 과정만큼이나 즐거운 일이다. 대개의 경우 꿈을 질료로 집을 짓는 과정은 현실의 어떤 문제에 대한 감각을 예민하게 하거나 어제와 오늘의 운명을 버무려 내일을 예감하게 하는 즐거운 점술로 진행되곤 한다. 대평원의 일몰을 꿈꾸게 되는 날들은 대개 우울한 날의 오후이다.

우울한 날들은 느닷없이 닥친다. 현실적인 특별한 계기 없이도 우리는 우울한 날들과 맞닥뜨리게 된다. 우울한 날의 오후에 잠깐 든 낮잠에서 종종 만나게 되는 대평원의 일몰은 한없이 느리게 전개된다. 나는 의자에 비스듬히 앉아 느닷없이 내게로 온 꿈의 잔영을 갈무리하기 시작한다.

사람들은 종종 가정의문문을 즐긴다. 이를테면, 무인도에 난파하게 되었을 때 꼭 필요한 한 가지만 가지고 갈 수 있다면 당신은 무엇을 가지고 갈 것인가. 가볍게 주고받는 이런 종류의 객담에서 의외로 한 인간의 존재 증명 방식이 발견되기도 한다. 나는 다시 터무니없는 몽상을 한다. 꿈속의, 저 일몰의 대평원으로 홀로 초대받는다면 나는 무엇을 가지고 갈 것인가. 나는 잠깐 주저한다. 그리고 이내 대답한다. 그것은 의자다.

의자를 상상하다

가벼운 우울을 치료하는 데 의자는 유용한 사물이다. 우울의 치료사로 의자가 입회하는 순간, 의자는 실용적인 사물에서 정신적인 사물로 변신한다. 구순기의 아기에게 엄마의 젖꼭지가 먹을 것을 분출하는 실용적인 샘 이상의 의미를 갖듯이. 아기들은 엄마의 빈 젖을 빨면서 편안한 잠에 빠져든다. 우울한 날 나는 등받이가 있는 의자에 비스듬히 앉아 우울을 집전한다.

의자가 우리의 몽상을 돕는 것은 바닥과 의자 사이의 공간 때문이다. 이 떠있는 공간 — 벌어져있는 공간은 흔히 네 개의 다리로 연결된다. 우리가 의자에 앉아있을 때, 의자의 받침면과 다리가 만드는 '벌어져있는 공간' 속에서 무슨 일이 일어나고 있는지 예측하기는 어렵다. 그곳으로 바람이 들어오고 나뭇잎 몇 장이 쓸려오고 고양이가 걸어가고 길 잃은 풍뎅이 한 쌍이 의자 밑 그늘 속에서 사랑을 나눈다 해도, 매번 등을 구부려 의자 밑을 확인해보지 않는 한 그곳은 비밀스러운 파동을 유지한다. 게다가 그 비밀스러운 통로는 우리들의 엉덩이 바로 밑에 존재하는 것이다!

네 개의 다리를 숨김없이 드러내놓은 의자는 관능적이다. 공중에 수평으로 떠있는 면 하나를 사이에 두고 우리의 엉덩이는 의자의 다리와 연결된다. 다른 누군가의 엉덩이에 자신의 다리를 이처럼 자연스럽게 연결할 수 있는 사물은 거의 없다. 때로 두 개의 다리가 네 개의 다리와 착하게 얽히기도 한다. 의자의 관능은 자유분방한 상상력으로 삶의 에너지를 끌어올린다. 의자에 앉아있는 순간의 인체를 생각해보라. 가부좌를 틀고 바닥에 앉아있을 때 우리의 몸은 흔히 질서와 지혜를 향해있다. 의자에 앉아있을 때 우리의 몸은 '앉아있다'는 측면에서 정적이지만, 정적인 고요를 깨뜨리지 않으면서 전자보다 훨씬 자유분방하게 움직인다. 의자에 앉아있는 사람을 스케치한 후 의자만 지운다고 생각해보라. 의자 위의 인체는 춤추는 형상에 가깝다. 팔걸이라도 있는 의자라면 춤은 더욱 멋들어진다.

춤―율동은 몽상을 돕는다. 의자에 앉아있는 인체의 율동도 그렇지만 의자 자체도 춤추길 즐긴다. 무슨 일인가를 하다가 문득 고개를 돌렸을 때, 혹은 한밤중에 물을 마시러 거실로 나왔을 때, 어떤 인기척을 느낄 때가 있다. 그런 순간의 대부분은 춤추던 의자가 순간적으로 스텝을 멈추는 기척임을 당신도 이미 눈치챘을지 모른다. 저토록 날렵한 다리를 가진 이들이 춤추길 즐기지 않는다면 생은 얼마나 무료하겠는가. 지나치게 푹신하고 화려한 외장을 지닌 소파족族들은 이 무도회에서 제외된다. 날렵하고 단순한 몇 개의 선과 면만으로도 자신을 드러낼 줄 아는 의자만이 진짜 의자다. 진짜 의자들은 춤추며 꿈꾸는 보헤미안들이다.

우울한 날의 의자 놀이가 시작된다. 먼저 의자에 앉아 의자를 상상한다. 가장 유쾌하게 호출할 수 있는 것은 목욕탕 의자이다. 그들은 입심이 좋은 만담가들이다. 그들은 모든 의자 중에서 가장 단순한 형태를 고수하면서 가장 많은 경험을 한 종족이다. 목욕탕 의자 위에서는 인체의 모든 자세가 연출된다. 그들은 인간이 취할 수 있는 모든 종류의 체위를 알고 있고 인체를 구성하는 모든 부위의 떨림에 익숙하며 우리가 흔히 부끄럽게 느끼고 명명하기를 꺼려하는 부분들에 대해 발설하는 것을 두려워하지 않는다. 암묵적인 금기의 단어를 입 밖에 내어 발설하는 순간, 발화의 행위 자체가 일종의 카

타르시스를 가져다 주는 것을 우리는 경험한다. 목욕탕 의자가 재잘거리며 들려주는 유쾌한 육담은 우리를 단단한 도덕의 권태로운 우울로부터 유쾌하게 들어올린다.

의자에 앉는 순간 우리는 풍경의 중심이 된다. 중심이 된다는 것은 즐거운 경험이다. 비어있는 의자에 누군가 앉는 순간 새로운 중심이 생긴다. 한적한 오솔길에 마련된 긴 나무 의자는 비어있을 때 단지 오솔길의 외곽에 그럴듯한 풍경으로 존재하는 소품에 지나지 않지만, 산책을 하던 노부부가 그곳에 앉는 순간 오솔길을 담은 풍경의 중심은 나무 의자로 이동한다. 무언가 담는 순간 의자는 빛나기 시작한다. 중심으로 이동한 의자가 빛나기 시작하는 순간 당신의 우울은 이미 치료되기 시작한다.

의자에 앉아 새로운 질서를 창조하는 일은 또 어떠한가? 중세의 연금술사들이 쓰던 것 같은 의자라면 더욱 좋다. 우선 손을 씻고 의자에 앉는다. 당신이 손을 모으면 곧 당신의 손끝에서 어둠과 빛이 탄생할 것이다. 오감을 손끝에 집중시켜 냄새와 맛과 미세한 티끌에도 주의를 집중할 수 있어야 한다. 빛은 어둠 주위를 뜨겁게 데운다. 뜨거워 흐물흐물해진 어둠을 손가락으로 끌어모으면 갖가지 분자들이 시럽처럼 엉겨있는 상태를 유지하면서 차츰 식어가게 되고, 적당한 온도에 이르면 수소 분자들이 수증기를 만들어내는 단계가 올 것이다.

수증기가 흩어져버리지 않게 손바닥으로 잘 막아준다.

　이제 천천히, 온도를 조금씩 더 낮추면서 분자들이 수소와 결합하여 다양한 화합물들로 변화하는 것을 느긋하게 지켜본다. 엄지와 중지를 이용해 딱, 소리를 내면 순간 방전이 일어나고, 낙뢰가 지나간 자리에서 작은 거품들이 일어나기 시작할 것이다. 이제 손바닥을 치우고 용해된 것들에 햇빛이 닿도록 한다. 햇빛은 너무 뜨겁거나 밍밍하지 않게 입김을 불거나 손부채를 만들어 온도를 조절해준다. 햇빛의 작용으로 서서히 포도당과 섬유소가 생겨나기 시작하고 자외선의 작용으로 간단한 유기산이 합성될 때까지 기다린다. 이제 하나의 씨앗이 만들어질 것이다. 이 씨앗은 약간의 단맛과 신맛과 짭짤한 맛을 지니고 있다. 이제 씨앗을 조심스레 눈높이에 띄워놓고 약한 불로 은근하게 달이는 일만 남았다.

　한 20억 년 뭉근하게 달이다 보면 미세한 박테리아들이 생겨날 것이다. 그것은 이 씨앗에 생명이 탄생할 가능성을 보여주는 최초의 조짐이다. 만약 인간과 비슷한 포유류의 출현을 원한다면 한 50억 년을 기다리면 된다. 당신은 이제 눈치챌 것이다. 50억 년의 고독에 비하면 오늘 하루의 우울이 얼마나 찬란한 것인지를. 50억 년의 고독 끝에 이루어진 당신 육체의 맛과 냄새와 소리가 얼마나 견고한 것인지를.

꿈속으로 의자를 들고 가다

의자는 직립의 기술을 습득한 인간이 최초의 출발지를 찾아 가는 여정에 놓인 사물이다. 인간은 서있거나 걷다가 의자에 앉는다. 자신의 몸을 낮은 곳으로 임하게 하는 과정에 의자는 놓여있다. 직립한 문명의 흔적으로 발명된 그것은 동시에 직립 이전의 상태로의 회귀를 무의식적으로 꿈꾼다. 역전의 드라마를 모색하면서 의자는 몽상의 요람이 된다. 직립한 동물은 이성을 맹신하는 경향이 있다. 의자는 서다와 눕다 사이, 걷다와 기다 사이에서 인간의 오만한 이성을 대지에 가까운 것으로 가져간다.

우울한 날의 오후에 의자에 비스듬히 앉아 대평원의 일몰을 꿈꾼다. 꿈속으로 의자를 들고 들어간다. 꿈속의 내가, 네 발을 웅크린 직립 이전 — 이후의 의자에 앉는다.

04

반지,
우주의
탁자

고향집 다락방에서 한나절을 놀았다. 낡은 책 더미와 일기장 묶음들과 각양각색의 상자들이 쥐 오줌 얼룩과 미세한 먼지들 속에서 사그락거리는 소리가 들린다. 그 적요한 시간의 지층 속에 가볍게 내려앉아 있던 나비들이 내 심장의 한쪽 창문을 열고 날아 들어온다. 나비들은 대개 가벼운 미농지 같은 네 겹의 날개 위에 조금쯤 신비롭고 또 조금쯤 슬픈 듯한 햇살을 돋을새김한 채 바스락거린다. 고향집 다락방에 들 때는 대개 그 낡고 적요한 풍경 속에 역시 한 겹의 풍경으로 가만히 들어앉아서 내 몸속에서 들리는 미세한 바스락거림에 귀를 쫑긋거리다가 살그머니 내려오곤 한다. 그리고 아주 가끔, 먼지 쌓인 책 더미와 낡은 상자들 중 어느 하나를 살짝 집어내 열어본다. 한 번에 단 하나씩만.

한꺼번에 다락을 뒤지는 것은 금기다. 다락방 무덤에서 즐거운 유폐의 농담을 즐기고 있는 이들에 대한 예의가 아닐 것이므로. 다락방은 마치 오래된 고분처럼, 사자死者들의 질서를 지닌 독립된 세계이다. 고요한 속삭임과 위로와 축하의 말과 손짓들이 무덤 속 곳곳에 자분자분 스며있다. 이 오래된 고분의 주인인 사자死者들 속에 일곱 살부터 열여덟 살까지의 '나'도 있다. 언젠가 나를 낳고 키워준 이 집의 주인들이 지상에서 사라질 때, 다락방 속의 '나들'은 나를 낳고 키워준 이들이 내게 남기는 유품이 될 것이다. 그때 나는 내 몸의 모든 방을 열고 한꺼번에 날아가는 나의 나비들을 바라보게 되겠지.

푸른 추억의 관능 — 꽃반지

다락방 동쪽 귀퉁이에서 낡은 책 한권을 빼 들었다. 《폭풍의 언덕》. 누렇게 바랜 책 겉장에서 티끌보다 작은 벌레 세 마리가 갑자기 분주하게 흩어지며 기어간다. 후, 불어 날린다. 낡은 색실이 빠져나와 있는 부분의 책장을 펼친다. 아, 꽃반지다.

클로버 꽃으로 만든 꽃반지. 동그랗게 오린 흰 종이에 말린 꽃반지를 붙이고 코팅을 해서 만든 작은 책갈피가 나타난다. 윗부분엔 작은 구멍을 뚫어 색실을 묶어놓았다. 붉은색이었을 색실이 붉은 기운 도는 갈색으로 변해있다. 흰 종이의 한쪽 귀퉁이에는 또박또박 눌러 쓴 작은 글씨로 '1983. 8'이라고 쓰여있다. 아라비아숫자인데다 워낙 오래전의 글씨라 내가 쓴 것인지 누군가 다른 이가 쓴 것인지 분명치 않다. 여중생 시절, 어린 소녀들인 우리는 누구나 하나쯤은 코팅을 한 작은 풀잎이나 꽃잎들을 교과서 갈피에 끼워 다니곤 했고 그 중 예쁜 것들을 친한 친구에게 선물하기도 했다. 예쁘게 잘 마른 꽃잎 한 장은 우리를 얼마나 설레게 했는지. 네잎클로버를 찾아 어느 책갈피 속에 잘 말려두고는 귀한 선물 하나를 얻은 것처럼 가슴 두근거리기도 했고 탐스러운 달맞이꽃을 따서 영어사전 어디엔가 끼워두고는 어디에 넣었는지 기억나지 않아 사전을 한 장 한 장 뒤져가며 찾아내기도 했다. 끼워두기만 하고 영영 기억에서 사라져버린 꽃잎이며 나뭇잎들이 어느 날 갑자기 두꺼운 참고서의 갈피에서, 식물도감의 어느 갈피에서, 잘 열어보지 않던 국어사전의 어느 갈피에서 불현듯 발견되었고 그때마다 마음 두근거리며 꽃잎의 실금을 손으로 가만가만 쓸어보던 날들.

서른을 넘긴 나는 이제 예쁜 꽃잎들을 책갈피에 끼워두는 일을 하지 않는다. 예쁜 꽃들이나 찬란한 빛깔의 나뭇잎들을 만날 때, 나는 단지 바라본다. 다만 가까이서, 조금 더 가까이서. 보랏빛 영롱한 별무리 같은 예쁜 풀꽃 무리를 바라보기 위해 땅에 닿을 듯 코를 박고 그이들과 눈 맞추지만 섣큼 손 내밀어 꺾지 못한다. 책갈피에 말려두지 못한다. 그이들이

상할까 봐 함부로 만지지도 못한다. 덧말을 붙이자면, 고 예쁜 것들이 눈물겨워서 못 꺾는다. 여리디여린 꽃대에 자기 존재 전부로 다만 아름다워진 그이들이 귀해서, 너무 귀해서 못 꺾는다.

그런데 말이다. 풀꽃 무리에 코를 박고 눈물 많아진 내 나이는 철모르던 어린 시절 아름다운 것들을 서슴없이 책갈피에 갈무리하던 그때보다 순수한가. 아름다운 것을 보면 가까이 가고 싶고 가서 만지고 싶고 냄새 맡고 싶고 가지고 싶어 하는 마음은 아름다움에 대한 가장 원초적인 반응이다. 철없던 어린 시절의 마음이 잔인해서 꽃을 꺾는 것이 아니다. 그 나이엔 아름다움에 쉽게 동화되고 쉽게 이끌린다. 단순하고 이기적이면서 천진하다. 상처가 많아질수록, 아름다운 것들이 쉽게 유린되는 것을 너무 많이 경험한 나이가 될수록 꽃을 꺾지 못한다. 꽃을 만지는 행위 하나에서도 윤리적 자아가 발동하게 된다는 것은 혹여 세계와 나의 타락의 방증은 아닐는지.

다락방 가득 나비들이 날고 책갈피에서 나풀나풀 날아오른 색색의 나뭇잎과 꽃잎들이 반짝이는 먼지 속을 날아다닌다. 진달래, 구절초, 패랭이꽃, 노란 은행잎, 달개비꽃, 접시꽃 잎……. 세상에 태어나 내가 처음으로 가져본 반지는 순수한 관능을 촉발한다. 공중에서 열렬한 사랑을 나누는 두 마리의 빛 고운 명주실잠자리처럼, 일 년에 한 번 서로의 몸에 서로의

몸을 깊숙이 찔러 넣고 길고 긴 사랑을 나누는 자웅동체의 달
팽이들처럼, 클로버 꽃반지가 서로의 몸을 감고 떠오른다.

히스 향기 — 바람의 반지

1983년 8월. 열네 살의 내가 《폭풍의 언덕》에 꽃반지를
끼워놓으면서 꿈꾸었던 사랑은 어떤 것이었을까. 그 격렬한
미친 사랑 노래를 제대로 이해하기나 한 것이었을까. 클로버
꽃반지는 캐서린과 히스클리프의 이루지 못한 사랑이 광기와
파국을 향해 치닫는 15장 맨앞에 끼워져있다. 황량한 폭풍의
언덕에 가득 번지는 히스꽃 향기, 격렬한 바람 소리, 캐서린의
죽음 앞에서 절규하는 히스클리프의 목소리.
  "캐서린. 내가 살아있는 한 너에게 안식이란 없을 것이다.
유령이 되어 내게 나타나줘. 언제나 함께 있어줘. 어떤 모습으
로라도 좋아. 나를 미치게 해도 좋단 말이야! 다만 네가 없는
이 구렁텅이 속에 날 혼자 내버려두지만 말아줘! 오, 하느님!
나는 나의 생명 없이는 살아갈 수가 없어요! 내 영혼 없이는
살 수가 없단 말입니다!"
  그때 나는 충분히 어렸고 충분히 어렸으므로 사랑을 두
려워하지 않을 수 있었는지 모른다. 운명처럼 들이닥칠 사랑

을 믿었고 그것이 비극이라 할지라도 생의 전부를 걸고 통과해야 한다고 믿었던 나이. 세월이 흐르고, 세상에 허락된 모든 만남과 헤어짐의 상투성을 향해 세련된 포즈로 안녕을 고할 줄 알게 된 나이에 이르러서도 여전히 나는 그리워한다. 내 심장의 깊은 안쪽 황량한 벌판을 내달려 가는 찢어지는 바람 소리와 히스 향기의 맹목을. 유령이 되어서라도 내 옆에 있으라고, 네가 죽었더라도 네 영혼을 따라다니며 널 괴롭힐 거라고 절규하는 쪽의 사랑이 사랑에 대한 냉소를 일찍 배우는 것보다 정직한 것은 아닐까.

앞선 바람의 뒤를 쫓으며, 때로 나란히, 결국은 조금씩 시공이 엇갈리면서도 끝내는 헤어질 수 없어 끊임없이 천구天球를 유영해가는 바람의 윤회 앞에 풀꽃 반지를 엮어 바친다. 두 줄기의 꽃대를 꺾어 한 줄기의 꽃턱 바로 밑에 손톱으로 흠을 내고, 다른 줄기가 꽃대의 상처를 관통한다. 물큰한 풀 비린내, 그리고 그들은 엮인다. 연결된다. 천구를 휘감고 도는 바람의 반지에 풀꽃 반지가 엮인다. 연결된다. 우주를 향하는 몸의 문이 열린다.

엄마의 반지

가끔 엄마의 반지를 낀다. 시집온 지 13년 만에 처음으로 장만했다는 엄마의 쌍가락지 중 하나인 은반지를 엄마가 몹시 아프던 어느 날 엄마로부터 받았다. 처음으로 은반지를 장만했을 때 엄마의 나이는 지금의 내 나이였다. 그런데 이 반지는 내 손가락 어느 곳에도 맞지 않는다. 서른 몇 살에 이미 굵어질 대로 굵어진 엄마의 손가락에 끼어있던 반지가 내 오른손 엄지에 간신히 맞는다. 사는 일에 엄살 부리고 있다는 느낌이 들 때, 헐거운 엄마의 반지를 찾아 오른손 엄지에 낀다. 그렇게 나는 엄마와 연결된다.

바닷가의 혼인 반지

여름날의 바닷가였다. 열네 살의, 열 살의, 일곱 살의 내가 바닷가 모래밭에서 조개껍데기를 줍고 있다. 비단조개의 껍데기에 난 동그란 구멍에 눈을 대고 하늘을 바라본다. 태양이 구멍 속으로 걸어온다. 삿갓조개의 몸에 난 구멍은 오랜 세월 바닷물에 쏠리면서 손가락 크기만큼 넓어졌다. 최초에 상처의 흔적이던 구멍이 점점 더 넓어지면서 조개 반지가 만들어진다. 일곱 살의, 열 살의, 열네 살의 내가 열 손가락에 차례차례 조개 반지를 낀다. 둥근 손가락에 둥글게 끼워진 바다 생물의 유골. 손가락을 쫙 펴서 앵글을 만든다. 태양이 조개 반지 속으로, 내 몸속으로 성큼성큼 걸어 들어온다. 바다가 숨 쉬는 소리가 규칙적으로 들려오고 나는 손을 둥글게 모아 귓바퀴에 대고 바다가 숨 쉬는 소리를 듣는다. 일렁이면서 순간, 파도가 걸어오는가 싶더니 백사장을 둥글게 감싸고 있던 해송 숲이 일어난다. 오후의 태양이 순식간에 해체되며 내 몸속으로 빛살을 쏟아부으며 들어온다. 내 숨소리가 규칙적인 리듬으로 파동을 만들고 어느새 나는 춤추고 있다. 파도와 햇살과 모래밭과 해송 숲이 둥글게 원을 그리며 돌면서 내 몸속에 빛의 소용돌이를 일으킨다. 내 몸속에서 매 순간 창조와 파괴를 거듭하는 빛의 원무, 둥글고 거대한 시원始原의 반지를 따라 춤추는 신들. 그들과 함께 춤추면서 나는 150억 년의 나이를 먹은 어머니 우주의 깊은 주름을 만진다. 내 몸을 이루는 세포의 분자들, 분자를 이루는 원자들의 고향은 어머니 우주로부터 왔다. 미시 세계를 이루는 근본적인 원자인 탄소와 산소와 질소는 내 몸을 이루고 탁자를 나무를 책을 우리가 바라보는 모든 것들을 이룬다. 그리고 우리를 구성한 원소들은 머나먼 과거의 별 속에 있었다. 그렇게 우리는 연결된다.

어린 날의 내 고향 바다가 나에게 준 가장 아름다운 환영

幻影은 거대한 반지처럼 우주가 이어져있다는 아득한 느낌으로 내 몸 깊은 곳에 아로새겨져 있다. 동서고금을 막론하고 옛사람들에게 반지ring는 정신적인 것을 담는 둥근 그릇이며 정신적 종속을 서원誓願한 것이기도 했다. 이십 대의 어느 순간부터 나는 반지를 끼지 않게 되었다. 반지를 끼고 또 반지를 빼는 몇 번의 과정을 거치면서, 인간적인 함의를 담은 약속의 서원들이 지닌 덧없음을 알아버렸기 때문인지도 모른다. 대신 나는 약속의 말이 없는 반지를 낀다. 꽃과 바람과 조개껍데기와 태양과 달의 반지. 나의 정신이 자발적으로 종속되고자 하는 아름다운 반지들 속으로 내 왼손 약지를 내민다. 왼손 약지의 혈관과 신경이 심장과 바로 연결된다는 속설을 믿으면서 바닷가의 조개껍데기들과 윤회하는 바람의 링을 낀다. 그렇게 나는 바다와 혼인하고 산과 섬과 우주와 혼인한다.

촛불,
마음이 가난한 자의
노래

어둠 속에 피는 꽃

저물 무렵 이내가 파근하게 먼 산자락을 감싸며 내려앉더니 금세 날이 어두워졌다. 아침저녁으로 이내가 피는 날에는 이상하게 몸이 아프다. 어디 먼 데서 누군가 홀로 앓고 있는 듯하고, 내가 모르는 내가 지친 몸으로 고향으로 돌아가고 있는 듯하다. 돌아가는 그 길이 고향 가는 길이 맞기는 맞는 걸까. 아득하다.

어둠이 깊어진다. 어둠은 깊어질수록 그 속에 많은 숨구멍을 지닌다. 농밀한 어둠 속일수록 내 폐가 숨쉬기를 편안해한다는 것을 나는 어느 깊은 산사에서 알았다. 칠흑 같은 밤. 쉬이 잠들지 못 하고 요사채 앞뜰을 거닐다가 어둠 속을 날아온 소쩍새 울음소리를 들었다. 귀가 아니라 폐로 들었다. 숨을 들이쉬면서 소쩍새 울음소리가 내 폐로 들어왔고 숨을 내쉬면서 내 폐로부터 흘러 나갔다. 완전한 어둠에 가까울수록 소리들은 귀가 아니라 숨을 통해 폐로 드나든다. 어둠 속에서 내 폐로 날아들어 온 소쩍새 울음소리는 어둠의 숨구멍을 통해 내게 오는 것이어서 특별히 신선한 느낌이었고 나는 문득 깨달았다. 내가 오랫동안 완전한 어둠을 그리워했다는 것을, 완전한 어둠이 지닌 숨구멍들을 그리워했다는 것을.

도시에서 완전한 어둠을 만나기란 불가능하다. 도시의 어둠은 현란한 인공조명 아래 길을 잃곤 한다. 도시에서 찾을 수 있는 어둠은 지하로 유배당한 어둠이며 유배의 슬픔이 화농처럼 번진 어둠의 몸을 끈적거린다. 도시의 어둠에는 숨구멍이 없다. 도심에서 간혹 맞게 되는 여명 속에서 내가 숨쉬기를 힘들어하는 것은 그 때문일 것이다. 그리고 도시로 몰려든 사람들은 도시 속에서 다시 도시 바깥을 그리워한다. 어둠의 숨구멍이, 숨구멍을 통해 날아드는 신선한 소리들이 그리운 것이리라. 그리하여 우리는 자꾸만 길을 떠난다. 산으로 바다로 깊은 계곡으로. 태초에 머물렀던 무아無我의 어둠을, 어머니 태 속에서 따스하게 몸에 스며있던 완전한 어둠을 찾아 사람들은 길을 떠나는 것인지도 모른다.

내게 완전한 어둠에 대한 그리움을 일깨운 그 산사에서 머무는 며칠 동안 나는 어둠에도 여러 빛깔이 있음을 알았다. 날 저물고 어둠이 깊어지는 경계의 시간에, 백일홍 붉은 꽃 타래 위에 내려앉는 어둠은 꽃의 붉음을 감싸 안으면서 붉음을 먹는다. 어둠의 몸속으로 삼켜진 백일홍 붉은 꽃 타래는 시각적으로 어떤 빛깔도 분별할 수 없을 만큼 어둠이 깊어지고 난 후에도 어둠의 몸속에서 한동안 떠다닌다. 붉은 꽃 타래가 흔들리던 곳에 붉은 어둠이, 후박나무 이파리가 바람을 쓸어내리던 곳에 푸른 어둠이, 자운영 꽃밭에는 나지막이 가라앉은 보랏빛 어둠이, 바위 밑에 스며있던 흰 어둠이 어둠의 몸속에서 떠다니고 사랑을 나누며 엉긴다. 붉고 푸르고 흰 어둠은 그렇게 천천히 완전한 어둠의 세포 속으로 스며든다. 깊은 밤, 낮 동안 헐거워지고 색이 바랜 빛깔들은 어둠의 숨구멍 속에 안겨 밤을 지샌 후 다시 싱싱해진다. 새벽이 오면, 막 낳아놓은 깨끗하게 얼굴을 씻은 붉은 백일홍을 꽃나무 위에 다시 올려놓고 어둠은 사라진다. 어둠 속에는 모든 빛깔이 있고 어떤 빛깔도 없다. 빛깔들은 어둠의 숨구멍을 통해 매일 다른 세상으로 건너간다.

어둠을 기다리고 어둠을 맞이하면서 고적한 산사에서의 며칠이 지나갔다. 그만 돌아가야겠다……라고 내 속의 내가 말하던 저녁이었다. 요사채 앞뜰과 뒷길 계곡을 거닐다가 산사로 돌아와 대웅전에 들어갔다. 법당 안에 고여있던 어둠이 눈에 익을 때까지 한동안 법당 마루에 앉아 기다리다가 더듬더듬 초를 찾아 불을 켰다. 순간, 어둠 속에서 갑자기 피어난 꽃. 불이라는 말과 꽃이라는 말을 한 단어로 묶어 명명할 줄 알았던 최초의 사람들도 어둠 속에서 피는 저 꽃 앞에서 가슴 떨려본 적이 있으리라. 비로자나불의 쥘 듯 말 듯 유연한 손가락 끝에서 동시에 불꽃이 피어나고 불꽃은 이내 쌔근쌔근 숨 쉬는 착하고 어린 목숨붙이처럼 어둠의 숨구멍 속에서 자기의 숨결을 찾아가기 시작한다.

　어둠을 밝히기 위해 인간이 만들어낸 모든 빛 중에서 어둠에 배타적이지 않고 어둠을 껴안으면서 스스로 영롱해지는 것은 유일하게 촛불이다. 형광등이나 백열전구나 화려한 샹들리에나 번쩍이는 네온사인에 이르기까지 인간이 창조한 빛들은 어둠에 대하여 배타적이다. 어둠에 도전하며 어둠을 위협하고 정복해야 할 대상으로 상정하기 일쑤다. 촛불은 동화된다. 강렬한 빛으로 어둠을 제압하려 하지 않는다. 어둠을 자신 속으로 스미게 하여 그 힘으로 꽃을 피운다. 나직나직 움직이는 불꽃을 바라보면서 나는 문득 깨닫는다. 어둠이 지닌 숨구멍 속에 고요하게 웅크리고 앉아 자기의 호흡에 몰두하는 한 마리 짐승인 촛불을.

　평화로운 짐승들

　내가 사랑했던 두 마리의 짐승을 기억한다. 촛불과 흰 고

양이. 그들과 함께 낡은 아파트에 세 들어 살던 때 나는 갓 등
단한 풋내기 시인이었다. 가난했지만 가난을 불편해하지 않
을 수 있었던 청춘이던 그때, 밤마다 나는 그들과 놀았고 그
들로부터 감동받곤 했다.

봄비 얘기부터 해야겠다. 봄비는 아는 사람에게 분양받
았던 페르시아산 아기 고양이의 이름이다. 고양이를 그다지
좋아하지 않던 내가 갓난 흰 고양이 두 마리를 처음 보았을
때 나는 봄비에게 완전히 반해버렸다. 비싼 고양이 먹이를 감
당할 수 있을지 자신 없어 하면서도 나는 무턱대고 두 마리
아기 고양이 중 나와 첫눈을 맞추었던 봄비를 우리 집으로 데
리고 오고 말았다. 건물 벽면에 커다란 금이 간 낡은 아파트
에 세 들어온 지 얼마 되지 않았던 때였고 봄비가 내리던 날
이었다. 하얗고 보드라운 촉감의 긴 털을 가진 아기 고양이에
게 나는 '봄비'라는 이름을 붙여주었다.

내 팔에 안겨 가슴에 머리를 기댄 채 아주 조금씩 미동하
는 봄비의 체온은 얼마나 감동적인 것이었는지. 아기를 품에
안은 엄마 마음이 그런 것이었을까. 봄비는 하루가 다르게 자
랐고 처음엔 잘 울지도 못하던 것이 제법 성량을 갖춘 울음소
리를 내게 될 줄 알면서 더 이상 내 팔에 다소곳이 안겨있지
않았다. 웬만한 책장쯤은 가볍게 뛰어오르게 되었을 때 봄비
는 더 이상 내가 기르는 고양이가 아니라 나와 함께 동거하는

존재가 되어있었다.

봄비는 아주 조금만 먹었고 흐트러진 모습을 보이는 것을 끔찍이 싫어했다. 외출하고 돌아온 나를 맞을 때에도 강아지들이 흔히 그렇듯 반가운 마음을 내색하지 않고 문을 열고 들어오는 나에게 멀찍이서 눈인사를 하고는 저 하던 일에 다시 몰두하곤 했다. 시간이 지날수록 봄비는 자기만의 방을 원하는 눈치가 역력했지만 조그만 아파트 안에서 그 아이에게 방을 따로 내줄 수는 없는 터. 마침내 봄비가 찾아낸 자기만의 방은 내가 작업실로 쓰는 작은 방의 창문이었다. 바깥에 방범창을 달아놓은 조그만 창문은 안쪽 창과 바깥의 방범창 사이에 한 뼘 정도의 공간이 있었는데 봄비는 별일이 없는 한 그곳에서 몸을 조그맣게 웅크리고 창문 밖을 내다보곤 했다. 4층이었던 내 방 창밖으로 내다보이는 풍경이라곤 몇 갈래의 골목과 밋밋한 지붕들과 흔들리는 나무들과 적요롭게 오가는 사람들이 전부였는데 봄비는 질리지도 않는지 종일토록 창밖을 응시했고 나는 봄비의 고독을 사랑했다. 그리고 촛불과의 기이한 조우가 시작되었다.

창틀에서 내려와 어딘가에서 저 할 일을 하다가 내가 책상 위에 촛불을 밝혀놓으면 봄비는 어김없이 책상 위로 소리 없이 뛰어올라와 촛불과 마주하고 앉아있곤 했다. 글쓰기를 해야 할 때 나는 종종 촛불을 켜놓곤 했는데, 처음 촛불을 보앉을 때 봄비는 앞발로 몇 번 촛불 근처를 휘저으며 탐색전을 벌이다가 금세 촛불의 말을 알아듣기 시작했다. 그 후론 줄곧 촛불과 적당한 간격으로 마주 앉아서 놀라운 집중력으로 촛불을 응시하곤 했다. 책상 위의 촛불과 흰 고양이와 나. 이 기묘한 삼각관계에 익숙해질 무렵, 나는 종종 서로를 응시하는 두 마리의 짐승을 향해 질투를 느끼곤 했다.

그들의 대화는 은밀하고도 집요한 구석이 있었다. 촛불은 고요히 미동하고 그 고요함은 그대로 봄비의 눈 속으로 옮겨와 있곤 했다. 고양이 눈 속의 불꽃이 주는 기이한 전율. 봄비는 촛불을 응시하고 나는 봄비의 눈 속에서 타오르는 촛불을 응시하며 한밤이 지나기도 했다. 꼼짝도 않고 촛불 앞에 웅크리고 있던 봄비는 시간이 흐르면서 깜빡깜빡 조는 듯도 하고, 그러나 완전히 잠들지는 않는 예민함으로 촛불의 기척에 반응했다.

고여있던 촛물이 아슬아슬한 경계를 지나다가 주르륵 흘러넘칠 때, 그것이 오래 울음을 참은 이의 눈에서 느닷없이 터지는 한 줄기 굵은 눈물임을 봄비는 금세 알아차렸고 가르릉 하는 작은 소리로 촛불을 위로하곤 했다. 심지가 한순간 타닥, 소리를 낼 때 그것이 촛불의 중얼거리는 소리임을 곧바로 알아채고 아웅, 하고 작은 소리로 화답하곤 했다. 촛불의 언어는 타닥 혹은 타다닥을 넘어서지 않는 지독한 분절음이지만 내가 분절이라고 생각하는 그 한 토막의 '타닥' 하는 소리가 촛불의 언어체계에선 '달밤인데 바람이 차가워'라든가 '꽃은 피고 벗은 죽었네'라든가 하는 하나의 문장 단위임을 봄비는 나보다 빨리 눈치채고 있었다. 촛불의 말은 소리에 한정되는 것이 아니라 촛불을 둘러싼 대기의 느낌—미묘한 공기의 파동까지를 포함한다는 것을.

밤이 깊고 책상 위의 적요함이 깊어가고 어느덧 내가 기지개를 켜면서 원고지를 덮고 촛불을 불어 끌 때쯤 반쯤 졸리운 눈으로 촛불 앞에 웅크리고 있던 봄비가 고개를 반짝 든다. 여러 번 눈물을 흘리면서 흘러넘친 양초의 흰 몸이 내키는 대로 굴곡을 그리며 흘러내리다가 서서히 굳어가고 양초는 매일 밤 이 땅에 있어본 적이 없는 어떤 무늬로 다시 태어나곤 한다. 심지에 불이 꺼지고 흰 연기가 비천상飛天像의 무늬를 그리며 흩어져 날아갈 때 봄비는 연기가 모두 흩어져버릴 때까지 연기의 끝자락을 집요하게 응시한다.

무엇이었을까. 그토록 집요하게 마지막 연기 한 자락이 공기 속으로 흩어지는 순간까지를 침묵으로 일관하며 바라보던 응시의 힘은. 어떤 혼魂의 증거를 찾고 있는 것이었을까. 고양이 등처럼 날렵하게 구부러진 검게 그을린 심지를 한동안 쳐다보다가 봄비는 할 일을 마쳤다는 듯 평화롭게 잠들기 시작한다. 다음 날 내가 다시 촛불을 깨울 때까지 촛불도 긴 잠에 들어간다.

무욕의 꽃, 정결한 혼

촛불은 무욕하다. 몽상과 기도와 응시의 힘으로 자신의 양식을 만드는 촛불 아래에서, 그 나직한 들숨과 날숨을 지켜보고 있노라면 나는 부끄러워진다. 자신을 태우면서 마침내 무소유에 이르고자 하는 마음이 가난한 자의 정결한 혼魂. 촛불 밑에선 누구나 시인이 된다.

못 많으니 꽃이 피겠구나……

이렇게 못이 많으니 곧 꽃이 피겠구나…… 중얼거리며 늙은 분꽃을 들여다보던 날들이 있었다. 이렇게 못이 깊으니 곧 꽃이 피겠구나…… 중얼거리며 벽 속에서 출렁거리는 서늘한 연못을 들여다보던 날들이 있었다. 이렇게 못이 단단하니 곧 꽃이 피겠구나…… 거칠고 야윈 손 하나를 오래도록 들여다보다 그 단단한 손바닥에 입 맞추던 날들이 있었다.

그렇게 못은 거의 언제나 황홀한 통증을 수반하며 내게로 온다.

못이라는 사물은 사물 이전에 '못'이라는 언어가 환기하는 뉘앙스로 상처의 집을 짓는 기이한 존재다.

〔몯〕이라고 발음하는 바로 그 순간 못은 온몸을 찔러오는 통각으로 먼저 온다. 그것은 일종의 이미지의 집인데, 뜻밖에도 구체적인 지시물로서의 못보다 훨씬 더 역동적이다. 이

58

최초의 역동성은 또한, 뜻밖에도 의외의 동음이의어들을 아우르면서 지시물의 형태가 다른 모든 '못'들을 상처의 집 속으로 불러들인다.

벽에 박힌 못은 손바닥에 딱딱하게 박힌 못과 겹쳐지고 평평한 땅에 돌연 깊게 팬 연못의 진흙 바닥과 겹쳐진다. 박히고 팬 것들, 상처를 통해 존재를 증명하는 것들의 내부는 꿈틀거린다. 미세한 균열이 생겨있거나 진물처럼 물이 고여있다. 그 미세한 균열과 진물 속에서 못이 자라난다. 못이 꽃핀다.

못이 많았던 그때 그 집

내가 처음 가져본 '내 집'에는 못이 많았다.

이십 대 초반, 스스로의 생계를 책임지기 시작하던 그 시절 내가 처음으로 가졌던 집은 서울 변두리의 옥탑방이었다. 자그마한 창이 달린 방 한 칸에 조그만 부엌이 하나 딸려있었다. 부엌에는 낡은 개수대가 하나 있었고 쪼그리고 앉아 세수를 할 수 있는 수도꼭지가 야트막하게 달려있었다. 방과 부엌의 크기를 합한 것보다 넓은 옥상 마당에 나무 평상이 하나 그리고 옥상의 한끝에서 다른 끝까지 매어놓은 빨랫줄을 이고 있는 각목으로 만든 바지랑대가 있었다. 오랫동안 한데서 비바람과 흰 눈을 고스란히 맞은 탓에 평상도 바지랑대도 나이보다 훨씬 늙어있었지만, 처음으로 '내 집'을 마련하기 위해 집을 보러 다니던 내 마음을 단번에 사로잡은 것이 옥상 마당의 평상과 바지랑대였다. 옥상 마당에서 내려다보면 남루한 동네의 헐거운 골목길들이 속살까지 죄다 비쳐 보였다. 월세가 얼마였는지는 기억이 나지 않는다.

옷가지 조금과 몇 권의 책이 전부이던 단출한 이삿짐을 부려놓고 방 안에 오두마니 앉은 나를 가장 막막하게 한 것은 방 안 여기저기에 박힌 못들이었다. 못이 많은 집이었다. 이전에 살던 주인은 어떤 이였을까. 합판으로 짠 방문 안쪽에 유아용 포스터가 하나 붙어있는 것으로 보아 아기가 있는 살림집이었던 것 같았다. 이사할 때 미처 떼어가지 못했거나 이 집에 사는 동안 아기가 훌쩍 커버려서 더 이상 소용이 없어진 것인지도 몰랐다. 노란 바탕의 포스터에는 동물 그림들이 그려져있고 각각의 동물 그림 옆에 코끼리, 사슴, 토끼, 기린 같은 이름들이 적혀있었다. 나 혼자 달랑 살림을 시작한 옥탑방에 적어도 세 식구가 아니, 적어도 두 식구가 살았던 모양이었다. 시시로 무슨 소용이 닿아 못들을 박았을 것인데 이제 막 살림을 시작한 나는 방 안의 그 많은 못들이 감당했을 소용들을 얼른 점칠 수가 없었다.

처음엔 못들이 눈에 거슬려 빼버릴까 생각도 했지만 못

을 빼기 위해 망치를 사야 하는 수고 앞에서 나는 괜히 미적
거렸고 주인집에 내려가 망치를 빌릴 엄두를 내는 일 앞에서
도 괜히 미적거렸다. 어쩌면 내 무의식은 못을 박고 빼는 일에
막연한 두려움을 지니고 있었는지도 몰랐다. 못을 박다가 엄
지손톱을 찧어본 적이 있는 내 기억의 회로에 못을 박는 순간
의 떨림들— 못과 망치와 벽이 다 같이 힘들어하는 듯한 어떤
울림(울음)의 양식이 저장되어 있었기 때문인지도. 텅-, 텅-,
텅-. 벽에 못을 박는 순간 양손의 손가락이 감지하는 못의 떨
림과 망치의 떨림과 벽의 떨림 속에는 언제나 기묘한 긴장과
귀 끝을 곤두서게 하는 찰나적인 통증이 존재한다. 게다가
그 모든 떨림을 감지하는 손가락들 역시 바싹 긴장해있기 일
쑤여서 못을 박거나 빼는 일은 어떻든 그리 순조로운 일만은
아닌 것이다.

차일피일 미루면서 눈에 거슬리던 못들은 조금씩 내 의
식에서 사라졌다. 대신 나는 조금씩 못들에 익숙해져갔다. 첫
번째 내 집이었던 옥탑방에서 일 년 반을 사는 동안 못들은
하나둘씩 채워져갔다. 못이 많은 집의 그 많은 못들의 용처를
조금씩 발견해가면서 옥탑방의 시간이 완성되어 갔는지도
모르겠다.

벽의 중앙에 박혀있던 큰 못에는 고흐의 해바라기 액자
가 걸렸고 방문 옆의 못에는 달력이 걸렸다. 조그마한 벽시계

와 수건걸이가 걸렸고 창문 바로 옆에 박힌 못에는 작고 빨간 화분이 걸렸다. 도대체 무엇을 걸려고 이렇게 창틀에 바투 못을 박았을까, 싶었지만 빨간 화분을 걸고 나니 딱 그 자리인 듯싶었다. 조롱조롱한 작은 잎사귀들이 치렁하게 늘어지며 자라는 아주 조그만 화분이었다. 이 집에서 아기를 기르며 살던 여자도 바로 여기에 작은 화분을 하나 매달고 아침마다 물을 주고 아기를 안아 올려 화분의 작은 잎사귀들을 만져보게 하고 이름을 가르쳐주었을 것이라고 나는 단박에 믿게 되다. 겨울을 날 동안 방 안의 면적을 차지하지 않고도 푸른 식물을 기를 수 있는 곳은 거기밖에 없어 보였다. 창틀 바로 옆의 못 위에서 비껴 들어오는 햇살을 조금씩 받아먹으며 화분 속의 식물도 여자와 아기를 지켜보곤 했을 것이다.

방 안에 박힌 못들 중 가장 나중에 자리를 찾은 것은 방의 한쪽 귀퉁이, 벽과 벽이 만나는 지점에 바투 박아놓은 긴 못이었다. 그 못에는 가끔씩 내 외투가 걸리곤 했다. 너무 피곤하여 채 씻지도 못하고 자리에 누워야 하는 날들이 가끔씩 찾아오고, 외투를 벗어 옷장에 수납할 기력도 없는 그런 날들에 그 못에는 내 외투가 걸리곤 했다. 내 무거운 외투를 기꺼이 받아주던, 외투가 걸려도 좋고 아니어도 좋은, 여백 — 행간에 존재하는 못이었다. 그 못에 외투를 걸어놓은 채 자리에 누우면서 나는 또 확신했다. 저 못은 이런 날 외투를 걸기 위해 박아놓은 못이 틀림없다고. 내가 모르는 어떤 이도 이렇게 외투를 걸어놓고 잠들었을 거라고. 그런 날들의 다음 날엔 나는 묵은 빨래들을 모아 빨래를 하고 옥상 가득 희디흰 빨래를 널곤 했다.

이상하게도 규칙 없이 아무렇게나 박혀있는 듯했던 조그만 집의 못들은 그런대로 모두 구색이 맞았다. 액자며 달력이며 시계며 수건걸이며 화분들이 딱 그 자리가 자기 자리라는 듯이, 아주 오랜 세월을 바로 그 자리에 매달려 살아온 것만 같았다. 그러고 보니 못들의 녹슨 정도나 못 머리의 생김새들이 조금씩 다른 것도 같았다. 옥탑방의 못들은 여러 주인을 거치면서 오랜 세월 동안 자기 자리를 완성해온 것인지도 몰랐다. 몇 개의 못이 박힌 집을 물려받은 새 주인이 또 몇 개의 못을 박으면서 아주 천천히 말이다.

그런데 옥탑방의 거의 모든 못들이 제자리를 찾고 난 다음에도 내가 영 의아해하던 못이 하나 있었다. 부엌의 야트막한 수도꼭지 위에 박혀있던 못은 수건을 걸기에는 여분의 폭이 너무 좁았고 양치통이나 비누통은 내가 이사를 올 때부터 부엌 구석에 얌전히 놓여있는 터여서 수도꼭지 위의 못에 도무지 무엇을 걸어놓았을지 가늠하기가 어려웠다. 결국 그 못에는 조그마한 여행용 사각 거울이 걸렸다. 세수를 하거나 양치를 할 때 나는 쪼그려 앉아 사각 거울을 보곤 했다. 쪼그려

앉아 양치를 하면서 거울을 보는 느낌은 이상하게 각별하다. 그 각별함은 어떤 비장함마저 일깨우는 것이어서 나는 그런 자세의 양치질을 곧잘 즐기곤 했다.

사는 일이 피로하기 짝이 없다는 느낌이 들거나 무언가 스스로에게 용기를 주어야 하는 날들에 그렇게 쪼그리고 앉아 오래도록 양치질을 하고 나면 힘겹다고 느끼던 일이 별것 아니게 생각되기도 하고 기이한 전의가 생기기도 했다. 무슨 일 때문엔가 잔뜩 우울해져 있거나 마음이 부대껴 만취해 돌아온 밤에 부엌에 쪼그리고 앉아 조그만 거울을 들여다보며 오래도록 이를 닦다 보면 기어이는 울음이나 웃음이 터지곤 했다. 이전에 이 집에 살던 사람도 꼭 이런 자세로 양치질을 했을 거라는 생각이 느닷없이 들고 수도꼭지 위의 못이 딱 요만한 사각 거울을 위해 박힌 못이라는 것을 느닷없이 확신하게 되는 것이었다. 그리고 그런 밤들이 지나면 말갛게 얼굴을 닦은 해가 천진한 얼굴로 골목길 여기저기를 기웃거리는 아침 풍경이 지상에서 처음 있는 일처럼 다시 시작되곤 했다.

꽃피면서 늙어간다, 못과 함께

사람이 살던 집에는 예외 없이 못이 박혀있다. 못이 많은 집도 있고 못을 아낀 집도 있지만 사람이 사는 집은 거의 언제나 못과 함께 꽃피면서 늙어간다. 한 번도 사람이 살았던 흔적이 없는 새집에서 나는 종종 허둥거린다. 여러 번 집을 옮기며 살았지만 여전히 나는 사람이 살았던 흔적이 많은 집들이 좋다. 누군가 박아놓은 못을 들여다보고 상상하면서 못 하나가 매달고 있던 삶의 흔적을 쓰다듬어가다 보면 어느 결엔가 못에 찔려 피가 나기도 한다. 피 흐르는 못 자국을 또 가만 들여다보면 그 못이 오랫동안 내 속에 뿌리내리고 있었던 것임을 문득 알게 되기도 한다. 어쩌겠는가, 못이 없는 집이란 없는 것이다. 수직의 벽을 대지 삼아 뿌리를 내리며 자라고 있는 못들 앞에서 나는 종종 즐겁게 벽이 되기도 한다. 그러면 가끔 알게 될 때가 있다. 상처가 오롯이 상처로 깊어지면 상처에서 꽃이 피기도 한다는 것을. 못의 뿌리가 닿는 자리들이 간질거리며 무엇인가 자꾸 피워내고 있다는 것을. 상처 난 살 갗에 새살이 돋을 때처럼, 새순이 돋아나기 시작한 겨울나무 가지 끝처럼, 못 견디게 간질거리는 어떤 그리운 느낌이 못의 뿌리로부터 대지로 번져나가는 것을. 그 황홀한 통증의 뿌리들은 침묵으로 일관하면서 자기 무게의 수십 배가 넘는 사물들을 지탱한다. 못들은 힘이 세다.

07

시계들,
꽃피는 모든
심장 속의

정지한 풍경 속에서

아프리카에서 온 사진 한 장을 들여다보는 중이었다.

앙상하고 키가 큰 가시나무 아래 다양한 빛깔의 아름다
운 천을 두른 원주민들이 모여있었다. 부족 사람들이 마을 일
을 토의하고 서로의 안부를 묻곤 하는 장소인 듯한 큰 가시
나무 아래엔 자잘한 마른 나뭇가지로 설피게 엮은 울타리 같
은 의자도 보인다. 그러나 앉아있는 사람은 아무도 없다. 검게
반들거리는 길쑴한 다리를 드러내고 그들은 모두 서있다. 쭉
뻗은 검고 곧은 다리를 가진 이 부족의 사람들은 대체로 신
체가 길쭉길쭉하고 마른 늘씬한 몸을 하고 있다. 군더더기가
없다. 가시나무 같다.

누군가 누른 카메라 셔터 속에 정지되어있는 사람들. 정
지된 시간은 정지된 바로 그 순간부터 인간의 관습적 사고가
흔히 향해가는 지점과 전혀 엉뚱한 방향으로 자신의 시간을

움직여갈 수 있는 자유를 얻는다. 표상이 정지한 바로 '그' 순간의 무의식은 일상적인 지시 체계로부터 벗어나 한없이 자유로운 호흡을 시작한다. 정지된 시간은 전혀 엉뚱한 지점에서 무언가를 낳고 있는 시간이다.

나는 정지된 시간의 기록을 들여다보는 일을 좋아한다. 현실의 어떤 순간을 제대로 정지시킨 사진 속에서 꿈틀거리는 시간의 육체는 거의 언제나 원초적이랄 수 있는 어떤 향수를 자극한다. 가시나무 아래 모여 서서 흰 이를 드러내며 환하게 웃기도 하고 무어라 손짓해 보이기도 하는 사람들, 정지한 그들의 시간이 순간 꿈틀, 한다. 몇몇의 아이들은 가시나무의 가늘게 늘어진 가지 위에 얹힌 새집을 쳐다보고 있다. 나는 그 아이들과 함께 가만히 새 둥지를 들여다본다. 가시나무에 매달린 새 둥지가 순간 꿈틀, 한다.

우기를 막 지난 사막 가운데 생긴 그리 넓지 않은 초지에서 있는 앙상한 가시나무는 가지가 늘어진 곳에 주먹만 한 둥근 밥 덩어리들을 매달고 있었다. 처음에 나는 그 밥 덩어리들을 들여다보며 갸우뚱했다. 정지한 바람, 정지한 뒤척임, 정지한 시선. 가만히 오래 들여다보니, 아뿔싸, 그건 새 둥지였다. 수십 개의 둥근 새 둥지들이 가시나무 늘어진 줄기의 빼곡한 가시들 사이에 밥 덩어리처럼 매달려있는 풍경의 기이함. 순간 내 목구멍 안쪽으로 갓 지은 밥 냄새의 울컥한 습기가 느닷없이 넘어오고 내 속의 무엇인가가 꿈틀, 한다.

정지한 풍경 속에서 아주 느리게 해체되는 시간들. 나는 자유로움과 응집이라는 말을 동시에 떠올리면서 느닷없이 벽시계를 올려다본다. 벽시계는 지금 새벽 세 시를 향해가고 있다. 초침이 빠르게 돌아가면서 시침이 숫자 3에, 분침이 숫자 12에 가까이 간다. 세 시 정각이 완성되려는 찰나, 벽시계의 숫자들이 평야의 하늘을 뒤덮으며 날아가는 되새 떼처럼 순식간에 흩어져 날아간다. 갑자기 시계 판이 텅 빈다. 1부터 12까지의 숫자들이 사라져버린 시계 속에서 시침과 분침과 초침이 잠깐 기우뚱거리며 우왕좌왕하더니 시계 판으로부터 허공 속으로 빠른 걸음으로 걸어나간다. 이제 시계 판은 시계였던 자신의 존재로부터 자유로워진 여백으로 남았다.

새벽 세 시의 환幻. 숫자들과 숫자를 가리키던 앙상한 침들이 사라진 여백의 판 위로 밥 덩어리 같은 새 둥지를 매단 가시나무가 걸어 들어온다. 가시나무 그늘에서 서성이던 사람들이 딱딱한 숫자가 있던 자리들을 따스한 체온으로 채우며 웃고 있다. 허공을 향해 벌어진 가시나무 줄기가 바람에 흔들릴 때마다 가지들이 시계추처럼 흔들거린다. 사막의 열기를 견디기 위해 잎과 꽃을 자신의 내부로 밀어 넣은, 자신의 몸속에서 꽃을 피우는 가시나무의 시간이 째깍거린다. 가시나무 시계……라고 나는 느닷없이 중얼거린다.

지난 나무 밑의 시간들

　자기의 나무를 가져본 사람들은 안다. 지상에 목숨을 부
린 모든 생명 있는 것들이 낱낱이 하나의 우주시계라는 것을.
인간에 의해 규정되기 이전의 약동하는 원시의 시간을 품고
하나의 목숨이 얼마나 위대해지는지를. 존재하는 모든 것들
은 자신만의 시계를 지니고 있다.
　나는 여러 그루의 내 나무를 가졌었다. 아주 어렸을 적의
감나무와 석류나무. 중학교 시절의 아까시나무와 고등학교
시절의 은행나무. 그리고 고향을 떠나 여기저기 거처를 옮기
며 살기 시작하면서 곳곳에서 내가 가졌던 홍단풍나무와 벚
나무와 포도나무와 버드나무……. 나의 나무들은 어디에서
건 나를 외롭지 않게 해주었다. 물론 그 나무들은 내가 심은
것도 아니고 내가 사는 집 근처나 늘상 오가는 길 주변이나
주로 걷는 산책길에서 어느 날 문득 나와 눈 맞추면서 맺게
된 일종의 우정 관계이므로 굳이 내 나무라고 말할 수 없을지
도 모르겠다. 여하한 어느 동네에 새로이 살게 될 때 자주 가
는 동네 슈퍼의 주인아줌마에게 눈도장을 찍는 일보다 친하
고 싶은 나무와 눈 맞추는 일이 거의 언제나 먼저 벌어지는
일이 되곤 한다. 사람에게 말 거는 것보다 나무에게 말 거는
쪽이 편안한 천성은 내 유약함의 반증이기도 하겠지만, 나무

의 일상을 지켜보며 인사를 나누고 안부를 주고받는 일은 지상에서 얻을 수 있는 가장 지복한 일 중 하나다.

중학교 때 내가 가졌던 내 나무는 집 뒤의 야산에서 자라던 아까시나무였다. 하굣길에 나는 종종 뒷산에 오르곤 했고 높지 않은 산의 아랫녘에서 자라던 아까시나무 그늘 밑에서 초봄에서 초가을까지 행복한 하오의 시간을 보내곤 했다. 하늘거리는 연둣빛 새잎이 돋아나는 계절부터 달큰한 흰 꽃 타래를 주렁주렁 매다는 초여름을 지나 무성하게 억세진 진초록빛 이파리들이 파도 소리를 내며 흔들리는 계절에 이르기까지 내가 나의 나무와 나누었던 말들을 다 기억할 수는 없지만, 나무 밑의 시간들은 여전히 가장 눈부신 빛의 시간으로 내 마음창고 어딘가에 저장된 지복한 양식이다. 더러 나는 내 나무에게 사춘기에 접어든 소녀들이 흔히 그러했을 철없는 번민을 고백했을 것이고 지지배배 즐거운 이야기들을 들려주기도 했을 것이다. 집에서 기르던 백문조 암컷이 죽던 날 그 흰 새를 아까시나무 밑에 묻고 무덤 앞에 나무 십자가를 세워주면서 이 새를 잘 지켜줘, 그렇게 부탁했을 것이다.

나의 나무는 내가 중학교 3학년이 되던 봄에 죽었다. 어느 날부터인가 야산 언저리에 불도저와 인부들이 보이기 시작하더니 산 아랫녘에 있던 나무들이 죄다 베어지고 소나무 묘목들이 심겼다. 나는 나의 나무와 마지막 인사를 나눌 시간조차 갖지 못했다. 아마도 볼품없고 쓸모없는 나무라는 인식이 그 야산의 아까시나무들을 죄다 베어버리는 작업을 대대적으로 진행하게 한 것 같았다. 아까시나무들이 죄다 베어진 어느 날, 나는 나의 나무의 유골과 만났다. 한 뼘 정도의 밑둥치를 남기고 다른 나무들과 함께 트럭에 실려 사라지고 난 후였다. 그때 나는 울었을까? 기억나지 않는다. 아마도 나는 쪼그려 앉아 나의 나무에 대한 마지막 예의를 다하듯 그가 남긴 둥치의 나이테를 세보고 있었을 것이다. 중·고등학교 시절의 일기 중 고향집에서 발견한 그 무렵의 내 일기장에는 그날의 짧은 기록이 남아있다. 나의 나무는 서른 살이다, 라고 씌어진.

서른 살. 열다섯 살의 소녀에게 서른 살은 한없이 커 보이는 어른의 나이였을 것이다. 소녀와 아까시나무는 반말을 트고 지내는 사이였다. 베어진 아까시나무 그루터기 하나가 증명하는 시간의 역사 앞에서 열다섯 살 소녀는 어떤 심정이었을까. 나의 나무는 내가 태어나기도 전부터 그 자리에 있어왔던 것이다. 나무는 자신의 온몸으로 자신의 시간을 증거하고 있었다. 나이테의 동심원들이 이루는 물결 같은 시간의 일렁임, 살아있는 것들의 시간은 그런 것이다. 초, 분, 시간을 토막치며 오지 않는다. 모든 시간은 모든 통로로 연결되어있다. 지금도 나는 시계라는 표상을 떠올릴 때면 겹겹의 나이테를 지문처럼 지니고 있던 둥근 나무 그루터기가 먼저 떠오른다.

나무 그루터기의 동심원들 속에서 이제 막 세상을 떠난 별들을 추억하며 어린 별들이 갓 태어나 지지배배거리며 놀다 가곤 했을 것이다. 태어나자마자 지상을 떠날 준비로 말갛게 얼굴을 씻은 이슬의 시간이 그루터기 위에 어여쁜 목숨으로 내려앉곤 했을 것이다. 몸속에서 무수한 다른 생명들을 탄생시키다가 생애 단 한 번 세상을 향해 얼굴을 보여주던 우주 시계, 가장 위대한 시간들은 우리 몸속에 있다.

시간이 필요하다

나는 디지털시계보다 아날로그시계가 좋다. 시계 판에 숫자가 기입되는 시계보다 물시계니 해시계니 모래시계니 하는, 인위이되 인위가 최소화한 형태의 시계가 좋다. 자연의 흐름과 호흡이 시간이라는 관념 속에서 비교적 자연스러운 인위로 작동하고 있을 때 인간의 시간은 아직 인간의 쪽에 있었다. 자연의 일부로서의 인간의 시간 말이다.

두 시 정각에 봐, 라는 말보다 감나무 그림자가 종탑에 닿을 무렵에 봐, 라고 말하는 쪽이 얼마나 더 그렁그렁한가. 말은 인간의 무의식을 이끌어 내면의 언덕을 들여다보게 하는 주술성을 지닌다. '몇 시'라고 규정된 문법을 벗어난 모든 약속의 말들, 이를테면 첫눈 올 때라든지 사과꽃 필 때라든지 점심 먹고 한 식경쯤 후에라든지 하는 말들은 오늘을 살고 있는 우리의 일상에 어떤 호흡의 틈새를 만들어주는 것이어서 약속의 결과를 떠나 그러한 시간의 약속만으로도 살아있는 것들의 물기에 훨씬 가까워진다.

나는 또 상상한다. 잠시 후에 봐, 라고 헤어진 이들이 머리가 희끗한 노년이 되어 정말 '잠시 후에' 만난 것처럼 자연스럽게 인사를 나누고 장난을 치고 농담을 나눌 수 있는 세상이 가능하다면, 세상은 훨씬 평화로워지지 않을까. 인생은 어떤 면에서 모두 '잠시'다. 한 시 정각, 두 시 정각, 몇 시까지라는 숫자의 정각에 포섭되어 날카로워지는 신경세포에 '백리향 피는 계절' 혹은 '수련이 열리는 아침'이라는 꽃의 뉴런을 매달아줄 수 있다면 우리는 훨씬 행복해질 수 있지 않을까. 여전히 나는, 숫자로 표상되는 시간 단위로부터 가능한 멀리 떨어져 살게 되기를 희망한다.

도심에선 시계가 별로 필요 없다. 어디에 가도 시계가 있다. 전철역에도 버스 안에도 자동차 안에도 휴대폰에도 식당에도 사무실에도 광장에도 카페에도 도서관에도 컴퓨터에도 어딜 가도 시계가 넘쳐나고 사람들은 손목시계를 들여다보며 바쁘게 서로를 스쳐 지난다. 어딘가를 향해 분주히 곁눈 한 번 줄 시간 없이 달려간다. '바쁜' 것이 이 사회가 인증하는

'능력'을 반영하는 시대가 되었다는 것은 참으로 기이하지 않은가. 잠에서 깨어나는 시간부터 우리는 거의 매일 시간에 쫓기며 허덕인다.

넘쳐나는 시계 속에서 나는 종종 공포를 느낀다. 시간은 금이다, 혹은 시간은 돈이다, 라는 말들이 생존을 위한 필수불가결한 명제로 군림하는 현대사회는 인간을 참으로 인간답게 하는가. 사회가 요구하는 근면함이 시간을 돈과 투자 개념으로 환산하는 물질주의와 내통한다면, 시간은 파기되어야 한다. 필요와 효용과 생산성이 존재 가치를 저울질하는 세상은 어쩌면 끔찍하지 않은가. 시간이 소중한 것은, 삶에서 깨어 있는 시간을 적극적으로 향유하기 위한 것이지 일방적으로 계량화되는 물량주의의 방식으로 와서는 곤란하다. 우리에게 정말 필요한 것은 죽은 시간이 아니라 스스로 만끽하는 살아 있는 시간이다. 자신의, 우리 몸속에 꽃핀 시계를 들여다보아야 할 시간, 심장 박동 속에서 부드럽게 휘어지는 나이테의 시침을 만져보아야 할 시간. 때때로, 가능한 종종, 차고 있는 손목시계의 건전지를 빼놓아야 할 시간이 필요하다.

08

바늘,
숨은 자의
글썽이는 꿈

어디에 뒀더라? 기억을 더듬으며 집 안 여기저기 서랍을 열어본다. 한참 만에야 잡동사니를 담아둔 바구니 안에서 종이로 만든 납작한 바늘 쌈지를 발견한다. 단추가 떨어졌다거나 원피스 아랫단이 조금 뜯어졌다거나 하는, 소소하지만 꼭 손보아야 했던 어떤 필요에 의해 어느 날 바늘은 내게 왔을 것이다. 무언가 긴요한 필요에 의해 호출당한 바늘은 임무를 마치면 곧 기억에서 잊혀진다. 탁자나 침대처럼 특정한 공간을 점유하기에는 너무도 작고, 숟가락이나 도마처럼 생활 속에서 늘 사용하게 되는 사물에 비하면 너무 미미한 기억밖에는 지니지 않았고, 손톱깎이나 면봉처럼 작지만 주기적인 소용을 갖는 것에 비하면 바늘의 소용은 너무도 불규칙한 것이어서 그 존재는 자꾸 사라진다.

자꾸 사라지는 존재. 그러나 바늘을 호출해야 할 때는 거의 언제나 바늘이 아니고서는 절대로 안 되는 일들이다. 침대가 없으면 소파에서 잠을 잘 수도 있고 도마가 없으면 접시에 대고 사과를 썰 수도 있지만 떨어진 단추를 다는 일은 바늘만이 할 수 있는 일이다. 뜯어진 아랫단을 맵시 나게 공그르기 할 수 있는 것도, 살갗 바로 밑에 예리하게 박힌 아주 작은 가시를 뽑아내는 것도 바늘만이 할 수 있는 일이다.

바늘을 뽑아 든다. 어디에서 박혔는지 모르는 가시가 왼손 셋째손가락 끝에서 욱신거린다. 가시가 살 속으로 숨어들어 올 때는 거의 이런 식이다. 조용히 소문 없이 감각을 깨운다. 조심스럽게 손끝의 살갗을 헤치고 가시를 빼낸다. 한참 만에야 예리한 바늘 끝에 묻어 나온 아주 작고 날카로운 가시. 가시와 바늘은 닮은 구석이 있다. 가시를 휴지에 싸서 버린 후 바늘을 쌈지에 꽂으려는데 초인종이 울린다. 서둘러 문간으로 나가 방문객을 확인한 후 돌아온다. 이런, 바늘이 어디 갔지? 그새 숨어버린 바늘을 가만가만 찾는다. 혹시나 밟지 않게 조심하면서.

숨기 좋은 몸

바늘은 가볍고 작다. 미미하다. 그런데도 바늘은 종종 위험한 무엇인가로 분류된다. 작은 단추 하나가 떨어져 눈에 띄지 않는다면 찾다가 포기할 수도 있지만 바늘의 경우는 다르다. 찾아서 어딘가에 꽂아두어야만 찜찜하지 않다. 바늘에게는 그 외연이 야기하는 기묘한 공격성의 이미지가 있다.

중학교 시절 가사 시간에 부주의하게 바늘을 잃어버리곤 하던 아이들에게 선생님이 좀 과장된 어조로 들려주던 이야기가 떠오른다. 잃어버린 바늘이 있었단다. 어느 날 그 바늘에 사람이 찔렸단다. 살 속으로 파고든 부러진 바늘 끝이 혈관을 타고 순식간에 심장에 꽂혔단다……. 날카로운 바늘 끝이 피와 함께 돌다가 심장을 찔렀다는 그 얘기는 정말로 심장이 따끔거리는 듯한 통증을 유발하는 것이어서 바느질을 배우던 가사 시간이 끝나면 가장 먼저 바늘을 챙기곤 했다. 바늘이 야기할 수도 있는 상처. 그것은 둔중한 무엇인가가 유발할 수 있는 통증과는 전혀 다른 몹시도 신경질적이면서 단번에 급소를 찔러오는 치명적인 아픔을 연상시키는 것이었다. 바늘에 찔려 죽은 사람을 실제로 본 적도 없으면서 바늘에 대한 막연한 두려움을 지니게 된 마음의 경로에는 날카로운 바늘의 생김새가 주는 다소 과장된 공격성이 있다. 그리고 숨기 좋은 몸을 지닌 바늘에 대한 기묘한 두려움이 있다. 바늘은 잘 숨는다. 작고 날렵하고 가벼운 바늘의 몸은 자기의 흔적을 감추기에 안성맞춤이다. 전면에 드러나지 않는 것에 대해 사람들은 기이한 공포를 느낀다. 배후, 라는 말은 그래서 은밀하고도 지속적인 긴장을 유발한다.

그러나 그것은 숨은 자를 바라보는 외부의 시선이다. 날카로운 생김새가 유발하는 공격적인 이미지가 바늘의 외연을 이룬다면 바늘의 내면은 의외로 내성적이며 수줍음을 많이 타는 듯하다. 바늘은 은자隱者다. 바늘은 발언과 꿈을, 현실과 초현실을, 실재와 흔적을 함께 지닌다. 차갑고 단호해 보이는 바늘은 실상 자신을 주장하는 데에 별반 흥미가 없어 보인다. 자기 주장이 강할 때 사람들은 흔히 배타적인 공격성을 지니게 되곤 한다. 바늘은 자기를 주장하기보다는 오히려 듣는 쪽이다. 바늘은 단순한 몸을 지녔다. 단 하나의 귀를 가진 극도로 심플한 바늘의 몸. 그 심플함은 구상과 비구상을 자유롭게 오간다. 극도의 리얼리티와 리얼리티를 초월한 몽상이 바늘귀 속에서 고요하게 공존한다. 바늘의 귀는 바늘의 눈이기도 해서 중생의 소리를 듣는다는 관음의 귀처럼 깊다. 바늘은 말하기 전에 몸으로 실천한다. 소리를 듣고 그 소리가 이끄는 대로 길을 정한다. 그리고 온몸으로 그 길을 간다. 예리한 바늘 끝과 다소 뭉툭한 바늘의 귀, 극도로 심플한 바늘의 몸은 이 두 극점으로 자신의 외연과 내면을 소통시킨다. 바늘은 자기의 몸에 실을 꿰고 온몸으로 옷감—현실을 관통한다. 그리고 숨는다. 바늘은 현실에 깊숙이 관여하면서도 자신의 흔적을 남기지 않는다. 보여지는 것들 속에서 자기 존재를 증명하기 위해 안달하지 않는다. 바늘이 자기의 몸을 빌려준 실만이 바늘이 지나간 자리를 증거할 뿐이다. 바늘에게는 아상我相이 없다. 찢어지고 떨어지고 조각나고 해진 것들을 이어 붙이고 매달아주고 기워주면서 자신의 존재를 타자 속에 스미게 한다. 바늘의 자아는 그 자신의 이름으로써가 아니라 자신이 이어 붙이고 부활하게 한 옷감으로 증명된다.

모든 옷에 바늘이 숨어있다. 바늘이 지나간 자리는 가장 현실적인 자리면서 그 자리에 자신이 이미 없다는 면에서 초현실적이다. 현실에 스며있으면서 현실에 발목 잡히지 않는다. 자기의 온몸으로 자기를 넘어가는 바늘의 흔적은 고요하다.

두 여자의 바늘집 이야기

예전엔 집집마다 반짇고리가 있었다. 어린 나에게 반짇고리는 마술 상자 같은 것이기도 했다. 크기가 조금씩 다른 바늘들이 가지런히 꽂혀있는 바늘집, 골무, 가위, 색색의 실이 감긴 각종 실패와 쪼가리 천들, 헌옷에서 뜯어낸 각양각색의 단추들……. 빨간 실이 감겨있는 실패는 엄마 인형이 되고 하얀 무명실이 감겨있는 나무 실패는 할머니 인형이 되기도 한다. 흰 단추는 쌀밥이 되고 노란 단추는 아주 이따금씩만 맛볼 수 있는 달걀 프라이가 되기도 한다. 가위는 무서운 도깨

비가 되고 골무는 세상의 모든 창과 칼을 막을 수 있는 방패가 되기도 한다. 변변한 장난감이 없던 시절 반짇고리를 열면 한나절이 너끈하게 즐거워지곤 했다. 물론 반짇고리가 항상 즐거운 기억만을 준 건 아니다. 무엇이든 기우고 붙이는 반짇고리의 마술은 어린 나를 실망시킨 적도 많았다. 앞집 친구의 새로 산 나팔바지가 너무 부러웠던 어느 날, 두 눈 질끈 감고 일부러 넘어져 무릎을 찢어 왔을 때 새 바지를 살 수 있을 거라는 내 기대를 여지없이 무너뜨린 것도 반짇고리였다. 반짇고리 속에는 팔꿈치와 무릎이 해져버린 빨간 내복에 덧댈 덧감들이 언제나 들어있었고 그것은 때로 야속한 것이기도 했다.

우리 집에는 두 개의 반짇고리가 있었다. 엄마의 반짇고리와 할머니의 반짇고리. 엄마의 반짇고리는 고리버들로 만든 것이었고, 할머니의 반짇고리는 대나무 껍질로 만든 것이었다. 무언가 찢어지고 해지고 탈이 난 것을 깁고 고쳐내는 일을 하는 것은 둘 다 같았지만 엄마의 반짇고리와 할머니의 반짇고리는 느낌이 사뭇 달랐다. 엄마의 반짇고리에는 소용이 닿을 만한 온갖 자투리 천들과 단추, 호크들이 가득 들어있었고, 할머니의 반짇고리에는 반짇고리가 지니고 있어야 할 꼭 필요한 것들만 단정하게 들어가 있었다. 엄마의 반짇고리가 응급실이나 노상 진료를 하는 천막 병원 같은 느낌이라면 할머니의 반짇고리는 안정을 취할 수 있는 정갈한 요양소 같은 느낌, 엄마의 것이 만물상이라면 할머니의 것은 잘 정돈된 한옥의 후원 같은 느낌이었다고나 할까.

할머니는 돌아가실 때까지 쪽진 머리를 매일 아침 공들여 빗던 분이었다. 정갈하게 물을 발라가며 참빗질을 하고 빠진 머리카락을 손바닥으로 깨끗하게 훑어 모아 기름 먹인 한지에 차곡차곡 보관했다가 일 년에 한 번 시골 장터에 나가 얼레빗이며 박하사탕 같은 걸로 바꿔오곤 하셨다. 내 언니들은 달비장수가 아직 마을을 다니던 시절, 할머니의 머리칼로 맞바꾼 조청이며 꿀단지를 기억한다. 할머니는 일흔이 넘어서도 단오절이 오면 창포물을 달여 머리를 감던 분이었다. 엄마는 할머니보다 훨씬 젊었지만 나는 엄마가 거울 앞에서 공들여 머리를 빗는 것을 본 기억이 거의 없다. 가난한 대식구의 맏며느리로 식솔들을 먹이고 자식들을 공부시키는 일에 억척스러웠던 엄마는 화장기 없는 맨얼굴에 몸뻬 바지가 일상이었다. 할머니가 아침마다 정성스레 긴 머리를 쪽 질 때 엄마는 감기 편하고 쓱쓱 빗어 넘기면 되는 짧은 파마머리를 하고 있었다. 한국적 가족 구조에서 시어머니와 며느리는 종종 기묘한 긴장 관계를 달리는 평행선에 놓인다. 할머니가 살아 계셨을 때 나는 할머니를 좋아하지 않았다. 너무 고생하는 엄마 편이 되어드려야 한다고 생각했고 할머니 손보다 더 거친 엄마 손이 마음 아팠다. 엄마가 딸들을 가꾸고 꾸미는 일에 여유가 없었던 반면 우리들의 머리를 빗기고 야무지게 땋아내려 준 것은 주로 할머니였고 어린 나는 그런 할머니의 손길이 내심 좋았지만 티 내지 않았다. 여자들 속에는 많은 여자들이 존재한다. 엄마와 할머니는 가난에 적응하는 방식이 판이하게 다른 이들이었다. 가난한 대로 검소하고 만족하면서 자신을 가꾸는 일에 소홀하지 않았던 할머니와 이 악물고 가난을 극복하고자 하고 자신을 희생하면서라도 자식들을 공부시키는 것에 열렬했던 어머니. 그녀들은 여러 문화권에서 등장하는 여신들의 원형 중 대표적인 두 유형에 속하기도 한다.

그런데 이토록 판이하게 다른 두 여자의 반짇고리 속에서 유독 느낌이 닮은 것이 있었는데, 그것은 바늘집이다. 바늘을 잃어버리지 않고 녹슬지 않게 하려고 꽂아두는 헝겊 주머니인 바늘집은 솜이나 겨 또는 머리카락으로 속을 채워 넣는다. 엄마의 반짇고리에는 겨를 넣은 여분의 바늘집이 있었고 할머니의 반짇고리에는 솜을 넣은 여분의 바늘집이 있었지만, 즐겨 쓰는 것은 둘 다 머리카락을 채운 바늘집이었다. 머리카락을 채워 넣은 바늘집은 만지는 느낌이 특별하다. 엄마의 바늘집에는 처녀 적 엄마 머리칼이 가득 채워져있었다. 할머니의 바늘집에도 처녀 적 할머니의 머리칼이 가득 채워져있었다. 시집오기 전에 만들었다는, 아직 젊고 아름다웠던 그녀들의 머리카락이 가득 들어있는 바늘집에 가지런히 꽂혀있는 바늘들. 그것은 좀 기이한 전율과 어떤 일렁거림과 눈물겨움 같은 것을 동시에 일깨우는 것이어서 머리카락을 채운 바늘 집은 오래도록 내 기억에서 잊혀지지 않았다. 문득문득 젊은 엄마의 윤기나는 검은 머리카락이 가득 든 바늘집이 떠오르고, 나는 왜 엄마가 꽃이라든가 무언가 달콤하고 부드러운 것과는 어울리지 않는다고 생각했을까, 되묻는 날이 있다. 젊은 날의 할머니의 머리카락을 떠올리며, 노년에 들어서까지 창포물에 머리를 감던 할머니를 나는 그때 왜 이해하지 못했을까, 되묻는 날도 있다. 내 핏속에서 엄마와 할머니는 아주 오래도록 투닥거리며, 그러나 정말은 서로를 향해 손 내밀고 글썽이면서 늙어갈 것이라는 것을 나는 알고 있다.

바늘귀 속의 두근거림

바늘을 들여다본다. 바늘귀가 두근거린다. 깁고 이어 붙이고 꽃봉오리 같은 단추를 매달아주기 위해 바늘은 오늘도 온몸으로 귀 기울인다. 우리가 사용하는 거의 모든 사물들은 자연의 그 무엇인가를 닮아있다. 바늘은 당신 속의 그 무엇인가를 닮아있다. 최초의 바늘은 아마도 짐승의 뼈였으리라. 구멍이 뚫려있는 날카로운 뼈를 우연히 발견하고 그 구멍에 가

죽 실을 꿰었던 최초의 석기인들을 생각한다. 벗은 몸이 추웠던 날들이 있었을 것이다. 벗은 몸의 아이와 사랑하는 사람을 걱정하던 날들이 있었을 것이다. 연민하고 글썽이며 두근거리던 마음이 최초의 뼈바늘로 최초의 가죽옷을 지었을 것이다. 바늘은 살리는 문화에 가까이 있다.

09

소라 껍데기,
몽유의
문

소라 껍데기와 꽃과 나비와

내 손바닥 위에 하얗게 벗은 몸이 하나씩 놓여있다. 지그시 눈을 감고 천천히 만지작거린다. 매촐하게 잘 빚어진 희고 매끄러운 고혹적인 몸. 오늘은 아침부터 내내 이 몸과 놀았다. 책상 위에 놓여있는 여러 가지 소소한 물건 중 하필 이 소라 껍데기가 오늘 내 손을 부른 이유는 뭘까. 알 수 없다. 모든 것은 매일매일 변한다. 몸의 상태가 그렇고 감정선 또한 그렇다. 하늘을 흘러가는 구름족의 유랑처럼 지상의 단 하루, 단 한 순간도 똑같은 형태로 흘러가는 시간은 없다. 모든 하루가 다 다른 하루라는 것은 얼마나 경이로운가. 그것이 비록 반복적인 일상생활 위에서 전개되는 시간이라고 할지라도 지금의 이 순간은 오늘 내게 처음 온 순간이다. 어제 내 몸을 이루었던 세포들 중 많은 세포들이 이미 죽었고 그 자리에 새로운 세포들이 생겨나 있는 아침인 것이다. 살아있는 한, 우리는 매일매일 다른 사람이다.

아무래도 배롱나무 때문인 것 같아⋯⋯. 나는 중얼거린다. 그리고 이내 수긍한다. 오늘의 내 몸과 마음이 책상 위의 자그맣고 흰 소라 껍데기 하나를 자꾸 만지작거리는 것은 아무래도 배롱나무 때문이다. 배롱나무 그러니까 목백일홍 꽃들이 몸을 열기 시작하려고 꽃망울을 한껏 부풀린 꽃 타래들을 흔들고 있기 때문인 듯. 오늘 내 손은 그리운 어떤 촉감을 추억하고 싶어 하는 것이다.

배롱나무의 매끈한 몸피에 한쪽 귀를 대고 있는 소녀가 보인다. 나무의 몸속에서 수액이 움직이는 소리가 먼 바다의 일렁이는 파도 소리처럼 아득하다. 나무의 몸피는 따스하기도 하고 때로 서늘하기도 하지만 이 무렵, 배롱나무 꽃 타래들이 한껏 부풀어 오르기 시작하는 계절이면 나무의 몸은 빠르게 피돌기를 하며 따스해지곤 한다. 귀를 대고 있던 소녀가 나무의 온기를 즐기려는 듯 나무줄기에 가만히 볼을 댄다. 손바닥으로 나무줄기를 천천히 쓰다듬다가 문득 생각난 듯 나무에게 간지럼을 태운다. 간지럼을 태우면서 소녀가 배롱나무 우듬지를 쳐다본다. 배롱나무는 자극에 예민하게 반응한다. 몸이 간지러워진 배롱나무가 우듬지의 어느 꽃 타래를 흔들며 까르르 웃는다. 소녀가 귀를 쫑긋거린다. 허공 어디선가 파도치는 소리가 들리는 듯하다. 흔들리는 꽃 타래를 발견한 소녀가 배시시 따라 웃는다…….

내 손바닥 안에서 소라 껍데기 하나가 도발하는 몽유의 즐거움이 물리적인 촉감으로 내 몸을 건너온다. 나를 간지럽힌다. 이럴 때 추억은 관능적이다. 꿈틀거리는 추억과 두근거리는 그리움, 배롱나무와의 스킨십은 언제나 특별한 즐거움을 선물하던 몽유의 문이었다. 나는 나무를 쓰다듬는 일을 좋아하지만 스킨십이 허물없는 즐거움으로 특별하게 몸의 감각을 깨우는 경우는 대개 두 종류다. 배롱나무와 자작나무와의 스킨십. 꽃망울을 한껏 부풀리기 시작하여 백 일 남짓 여름을 나면서 피고 지기를 거듭하는 배롱나무와 한겨울에 눈부시게 벗은 흰 자작나무는 내게 각별한 에로스의 대상이다. 여름과 겨울에, 배롱나무와 자작나무는 체온이 올라간다.

눈을 지그시 감고 손가락을 움직인다. 우아한 나선의 뿔로 완성된 소라 껍데기의 몸을 왼손 엄지와 검지와 중지가 예민하게 만져간다. 이토록 우아하고 예민한 나선형의 뿔을 돋을새김해 놓은 소라의 몸은 과감하다. 아름다운 것은 드러냄과 숨김의 욕망을 흔히 함께 지닌다. 아름다운 부분이 완전하게 노출되어있는 몸은 어딘지 불안하지만, 소라 껍데기의 나선 뿔은 불안에 잠식되지 않는다. 내부의 뿔 때문이다. 드러난 뿔 속의 뿔, 소라 껍데기의 내부에서 바라보는 뿔은 외부의 그것만큼이나 아름다울 것이다. 그 아름다움은 만져볼 수 없고 들여다볼 수 없으므로 오히려 안정감 있다. 나는 눈을 감고 오래도록 소라 껍데기의 뿔을 만진다. 그러다 보면 내가 만지고 있는 것이 그것의 내부임을 돌연 알 때가 있다. 내부와 외부의 경계는 단호해 보이지만 의외로 쉽게 무너진다. 경계란 그런 것이다.

배롱나무 줄기에 귀를 대고 있는 소녀와 소라 껍데기를 귀에 대고 있는 소녀의 경계도 유연하게 미끄러진다. 배롱나무 줄기에서 바다 소리가 들리고 소라 껍데기 속에서 배롱나무 붉디붉은 꽃 타래들이 흔들리는 소리가 들린다. 경계를 넘어가는 것들의 뒷모습은 유쾌하고 도도하다. 그러고 보니 손바닥 위에 날씬한 흰 몸을 누인 소라 껍데기가 이번엔 크고 흰 날개를 가진 제비나비 같다. 손바닥 잎사귀에 앉은 흰나비가 팔랑거린다. 꽃과 소라 껍데기와 나비는 서로에게 허물없이 미끄러져 가 닿는다. 소라 껍데기 날아간 손바닥 위에 나비 분 같은 은빛 소금 결정이 떨어진다.

누구나 한번쯤 바닷가에서 나비처럼 날개를 벌린 조개껍데기를 줍기 위해 몸을 굽혀본 적이 있으리라. 누구나 한번쯤 소라 껍데기를 귀에 대본 적이 있으리라. 소라 껍데기를 귀에 댈 때 우리는 흔히 반신반의하며 파도 소리를 상상한다. 그리고 정말로 소라 껍데기 속에서는 파도 소리가 난다. 해안에 부서지는 철썩이는 파도 소리가 아니라 아주 먼 바다의 고요

하게 파랑 치는 파도 소리. 모호하지만 바다의 소리라고 할 수
밖에 없는 소리가 나는 것이다. 소라 껍데기 속의 파도 소리
는 미지의 영역에 속해있다. 눈앞에 바다를 펼쳐놓고 앉은 사
람이 듣는 파도 소리가 아니다. 훨씬 아련하면서도 그 소리
속에서 구체적인 과거의 추억을 떠올리기보다는 모호하고 아
득하게 자신의 머나먼 과거나 미래와 연결되어있는 듯한 파도
소리를 만나는 것이다.

총과 집과 소라 껍데기와

다시 소라 껍데기는 내 몸의 감각을 깨우며 여러 층위의
풍경으로 미끄러져간다.
이것은 언젠가 집이었다. 집이면서 몸이었다. 자기의 몸이
면서 그 몸이 곧 자기의 집인 소라의 존재 방식은 심플하다.
그저 자기 몸 하나로 달랑 자기의 거처를 삼은 이의 눈부신
가난을 들여다본다. 소라의 일생을 안고 견딘 집 한 채였던
이 가난한 몸은 완벽에 가까운 아름다운 비대칭의 구조물이
다. 직선의 딱딱함을 일절 허용하지 않은, 실재할 수 있는 모
든 곡선을 실험하며 지어놓은 듯한 소라 껍데기는 빈자貧者의
미학이라는 말을 떠오르게 한다. 나는 가난에도 품격이 있다

고 믿는 쪽이지만 모든 가난이 품격을 유지하는 것은 아니다. 손바닥 위의 소라 껍데기 한 채가 침묵으로 들려주는 미학을 경청한다. 바닷가에 널려있는 무수한 조개껍데기들은 모두 한 채씩의 집들이다. 그 모든 조개껍데기들은 숨 쉬고 움직이고 자라고 사랑을 나누던 '산 것'들의 몸이며 동시에 집이다. 무소유의 개념조차 이들에겐 무색해진다.

바닷가에 널려있는 조개껍데기 몇 개를 집으로 가져와 책상 위에 올려놓아 둔 순간 그것은 그저 평범한 사물로 인식되기 십상이다. 그러나 조개껍데기 하나가 한 채의 집이라는 개념으로 확장되면 조개껍데기를 단순한 사물로 취급하는 것은 곧 미묘한 심리적 저항에 직면한다. 이것은 우리의 개념이 지닌 모호한 착란의 지점이며 동시에 인간 중심적인 사유의 덫이기도 하다.

꽃은 피고 벗은 죽었네……라고 올봄 나는 꽃나무 밑을 지나면서 시름없이 뇌까리곤 했다. 올봄에도 지구 저쪽에서 전쟁이 있었다. '올봄에도'라고 말할 수밖에 없는 사람의 역사가 서글프다. 전쟁의 세기라고 할 만한 20세기를 간신히 통과해온 21세기에도 여전히 이 별의 도처에선 포성이 분분하다. 연일 뉴스를 통해 죽어가는 사람들의 비명과 강자의 광포한 오만을 지켜보아야 했던 봄, 평화를 갈구하는 대다수 사람들처럼 나 역시 다만 기도할 수밖에 없는 현실을 부끄러워하면서 속죄의 기도를 올려야 했다. 그저 평화롭고 평범한 일상을 갈구하는 눈 맑은 사람들이 무수하게 죽어가야 하는 현실의 끔찍함은 말할 것도 없거니와 힘 가진 자들의 오만과 과욕이 부른 더러운 전쟁으로 말미암아 이 별이 당해야 하는 상처도 끔찍했다.

전쟁은 사람만 해치는 것이 아니다. 무자비하고 난폭한 폭격과 불타는 유전을 뉴스로 접하면서 이 별 - '어머니 지구'에 대해서도 용서를 빌어야 했다. 고통스러운 신음 소리는 사람과 초목과 땅 모두에서 흘러나왔다. 잔인한 폭격으로 만신창이가 된 것은 도시와 사람만이 아니라 지구의 몸이기도 하므로.

소라의 몸이며 집인 소라 껍데기 하나를 들여다보다가 문득 이 별이 아프다. 우리는 지구 어머니의 몸으로부터 먹을 것을 얻고 삶의 터를 얻는다. 이 몸은 숨 쉬고 아파하고 슬퍼하는 몸이다. 미국이 도발한 이라크 전쟁의 본질적인 동인 중 석유에 대한 탐욕은 그 현실 논리의 추악함 이전에 근원적으로 이미 추하다. 석유는 인간의 것이 아니다. 지구의 몸속 깊은 곳을 이루는 검은 피다. 일찍부터 석유나 석탄 등을 단지 '자원'으로 공부한 우리에게 그것은 어마어마한 경제적 부와 치환될 수 있는 무기물에 불과할지 모른다. 사람들은 지구 어머니의 몸속 깊은 곳까지 함부로 구멍을 뚫고 한 치의 가책도 없이 너무나 무례하게 검은 피를 도둑질한다. 그것이 원래 인간의 것이었다는 듯이. 원래 인간의 것이었던 것은 없다. 우리는 지구가 허락하고 기른 것들에 의해서만 존재를 연명할 수 있을 뿐이다. 물, 공기, 땅이 모두 그러하고 먹거리의 출처가 또한 그러하다.

지구가 석유를 어떻게 생성해 내었는지는 여러 가지 학설이 분분할 뿐 아직 미지다. 물고기나 조개, 산호 등의 해양 동물들이 석유의 근원 물질이라고도 하고 특정한 동식물에 국한되지 않고 지질시대부터 광범위하게 존재하던 플랑크톤류의 바다 생물이 석유의 근원 물질을 이루었을 거라고도 한다. 나는 모든 가설이 모두 가능할 수 있다고 생각한다. 중요한 것은 석유의 근원이 생명 가진 것들로부터 말미암은 것이라는 점이며 살아있는 이 별, 지구 어머니가 그 생명체들의 몸을 받아안고 수백만 년이라는 세월에 걸쳐 몸속에서 발효시켜낸 결과물이라는 것이다. 내 손바닥 위의 소라 껍데기 하나가 수백만 년의 세월을 거치면서 알 수 없는 어떤 섭리 속에서 한 방울의 검은 석유가 될 수도 있는 것이다. 어떤 의미에선 생물과 무생물을 간단하게 경계 짓는 인간의 개념은 오만하고 무지하기 짝이 없는 인간 중심적 사고의 덫일 뿐이다. 존재하는 모든 것들은 미끄러진다.

지구 한 녘에서 전쟁의 포성이 끊이지 않던 봄날, 나는 낮

꿈을 꾸곤 했다. 사랑과 평화의 노래를 부르며 총구에 꽃을 꽂아주던 히피들처럼 전쟁터의 군인들이 받쳐 든 총구에 꽃을 꽂아줄 수 있었으면. 한 송이 꽃, 한 잔의 맑은 물, 한 곡조의 노래…… 그러다가 내 낮꿈은 소라 껍데기에 이르곤 하였다. 폭탄 대신 소라 껍데기 하나씩을 저 손에 들려줄 수 있었으면, 총 대신 소라 껍데기를 귀에 대보게 할 수 있었으면!

소라 껍데기 속의 바다는 가장 천진한 상상력으로 우리를 무장해제시킨다. 소라 껍데기를 귀에 댄 사람들의 얼굴은 무구하다. 이 무구함 앞에 빈부귀천이 없고 남녀노소가 없다. 가장 순수한 의미에서의 '동심'이라고 할 만한, 소라 껍데기를 귀에 대고 지그시 눈을 감을 때 그 신비한 공명통으로부터 들려오는 바다 소리는 그저 빙긋이 미소를 떠올리게 하는 마법을 지녔다. 전쟁터의 군인들이 총 대신 소라 껍데기를 귀에 대고 빙긋이 미소를 짓는 장면은 상상만으로도 얼마나 황홀한 풍경인지. 인간에게 행복이란 어쩌면 소라 껍데기 속의 파도에 진심으로 귀 기울이는 동심을 회복하는 것 이상이 아닐 수도 있다.

우리는 누구에게 집이 되어줄까

　소라의 몸이면서 소라의 집이었던 이 소라 껍데기 하나는
또 다른 누군가의 집이었을 것이다. 자신을 보호할 껍질마저
지니지 못한 어느 작은 외톨이 게가 이 소라 껍데기에 세 들
어 살았을지도 모른다. 바다 밑의 빈 소라 껍데기들은 그렇게
저보다 작은 것들의 집이 되곤 한다. 이 소라 껍데기에 세 들
어 살던 외톨이 게가 자라나 좀 더 큰 집을 찾아 떠난 후 다른
작은 게가 이 집에서 또 몇 계절을 살았을지도 모른다.
　내 손바닥 위에서 여러 생명이 지나간다. 소라 껍데기는
사물인가. 우리가 흔히 '사물'이라고 아주 딱딱하게 규정하는
사물들의 기원은 따스하다. 그 어느 것이나 이 별의 핏물이
스며있고 고동치는 따스한 맥박이 번져있다. 소라 껍데기를
들여다보다가 중얼거린다. 나는, 누구의 집이 되어줄 수 있을
것인가.

10

부채,
집 속에 든
날개

이 바람은 어디에서

내 몸이 머물고 있는 공간이 갑자기 깨어날 때가 있다. 내가 속한 공간이 어떤 일렁임으로 가득 차있다는 느낌을 돌연 받게 되는 순간, 갑자기 화들짝 깨어나는 공간의 존재감 앞에 무릎 꿇게 될 때가 있다. 그런 순간들은 불현듯 닥친다. 아지랑이 일렁이는 봄 들판에서 문득 닥쳐오기도 하고 어깨를 스치며 떨어진 낙엽 한 장을 무심코 집어 든 순간 닥쳐오기도 한다. 어깨를 스치며 떨어진 낙엽 한 장의 그 파르르한 감촉이 돌연 깨우고 가는 공간의 느낌, 그런 순간의 뜻밖의 황홀 앞에서 존재는 갑자기 깨어나거나 잠든다. 환호성을 내지르거나 탄식한다. 어느 쪽이어도 좋다. 중요한 것은 그 순간 내가 일렁인다는 것이다.

누구에게나 조금씩 다르게, 그러면서 조금씩은 비슷하게 그런 순간들은 닥쳐온다. 이 여름을 지나면서 나는 하릴없이 무료한 어느 오후들에 가끔씩 그런 순간들을 만나곤 했다. 여름 한 계절 나를 깨운 그 순간들에 무슨 특별한 사건들이 있었던 것은 아니다. 거기엔 대나무 편에 한지를 곱게 바른 쥘부채 하나가 있다. 이 바람은 어디서 오는가. 나는 문득 탄식한다. 그러고선 혼자 쿡쿡, 열적게 웃는다. 이 바람은 어디서 오는가라니! 탄식의 내용도 형식도 참으로 고답하지 않은가. 그러나 그 탄식의 순간 내가 간절하게 일렁거렸음을 아는 것만으로 족하다. 한여름 대낮의 구름들이 무료하게 흘러가는 어느 시간에, 앉은뱅이책상 위에 놓여있던 부채를 집어 들어 길게 몇 번 부쳐보는 순간, 갑자기 내가 놓인 공간이 깃을 치듯 푸드득 깨어나는 신비. 홀로 있던 빈방의 적요로움이 아연 술렁거리는 흥성스러움 속에서 나는 갑자기 아이처럼 묻곤 했다. 도대체 이 바람은 어디에서 오는 걸까.

부채를 흔들어 바람을 만드는 일. 이 사소하고 일상적인 일이 공간을 화들짝 깨우면서 공간 자체를 새롭게 태어나게 한다는 것은 놀라운 일이다. 부채질을 통해 내 이마를 시원하게 쓸고 가는 바람은 눈에 보이지 않는 것들로 가득 차있는 세계를 벼락처럼 증거한다. 이 바람은 내 눈에 보이지 않던, 그러나 방 안에 가득 차있던 공기들이 파동을 이루며 내 몸에 부딪혀 온 것이 아닌가. 내 거처는 나만의 것이 아니었던 것이다. 이 공간에 가득하게 차있는 공기의 입자들이 갑자기 생생해져서 빛과 숨구멍의 알갱이들을 몰고 몸속으로 들이닥치는 느낌 속에서 나는 돌연 즐거워진다.

이 별이 생겨나기 시작할 무렵부터 있어온 무수한 원자들이 이 별을 돌고 돌다가 지금 내 방에 머물고 있는지도 모르는 일이다. 아주아주 늙은 공기의 입자들이 새로운 파동의 에너지로 막 탄생하거나 젊어지는 비약의 순간에 내 사소한 부채질이 있을지도 모른다는 생각이 별안간 들이닥칠 때면, 지상에 참으로 사소한 것이란 없는 것이다. 태초의 대기를 이루었던 것들이 더러 지구 대기권 바깥으로 빠져나갔다 하더라도 지구 자체가 소멸하지 않는 한 태초의 것은 어떤 형태로든 지구의 생과 함께하는 법이다. 나는 느릿한 부채질이 깨워놓은 공간 속에서 시간 여행을 시작한다. 내가 놓여있는 공간이 눈에 보이지 않지만 존재하는 것이 분명한 어떤 것들로 가득차있다는 느닷없는 확신 속에서 내 몸은 헤아릴 수 없는 여러 몸들과 함께 낮별들을 세기 시작한다.

부채가 일으키는 바람!

해거름 녘 산책을 마치고 어슬렁어슬렁 돌아온 길이다. 낮 동안의 햇볕은 아직 무덥지만 해 떨어지고 나면 대기의 기운은 선뜻 가을로 향해있다. 밤마실이라도 다녀올라 치면 살갗이 소슬해지는 바람이 팔뚝을 간질이며 지나간다. 어느 틈에 씨르씨르르…… 쓰르쓰르르…… 땅속에서인 듯 공기 속에서인 듯 큰 나무의 깊은 몸속에서인 듯 아주 미세한 가을 벌레들의 날개 부딪는 소리가 들리기 시작한다. 순환하는 계절을 누리며 산다는 것은 지복한 일이다.

순환하는 계절의 틈에는 의도하지 않았으나 자연스럽게 임해지는 명상의 집이 있다. 계절과 계절의 틈새에 자리한 그 명상의 집은 외떨어져 앉은 움막이거나 조촐한 초가이거나 너와를 올려놓은 귀틀집 같은 것에 홀연 가깝다. 혹은 풀대궁에 흰 거품으로 지어놓은 벌레집 같은 것이랄까. 자기의 감각을 존중하며 살 줄 안 사람은 계절의 틈새에서 은자가 된다. 일상의 속도 속에서 아주 잠시 스쳐가는 머뭇거림이라고 하더라도 아, 봄이구나! 아, 가을이구나! 하는 감탄사를 마음속에 모실 때, 그렇게 잠시 멈추어 앉아있을 때, 그 말들은 미처 표현하기 힘든 어떤 그리움과 안타까움까지 품고 명상의 집으로 우리를 인도한다. 그곳에서 우리는 잠시나마 순연해지고, 근원을 그리워하는 단순하고 고독한 존재로 돌아간다.

아, 이 여름도 가는구나. 마음으로 중얼거리며 책상 한 켠의 부채를 집어 든다. 우리 집엔 선풍기가 없다. 네 성정에 에어컨이 없는 건 이해할 만하다만 선풍기까지 없냐? 아주 드물지만 여름철 들르게 된 벗들의 타박에 부채를 내밀어 보인다. 내가 주로 쓰는 부채는 대나무 편에 흰 한지를 바른 쥘부채다. 경우에 따라 손끝에 이력이 붙은 장인이 만든 것도 있지만, 어느 허름한 시장통에서 찾아낸 이삼천 원짜리 부채를 여름내 쓰기도 한다. 장인의 손을 거친 부채가 쥐고 펴는 손맛이나 이따금 부채를 펴거나 접어놓고 그 태를 무심히 살펴갈 때의 즐거움을 더하긴 하지만, 내게 부채는 장식용이 아니라 구체적 소용의 요구로 오는 것이어서 나는 부채의 외관에 대해서는 그다지 까다로운 편은 아니다.

부채가 일으키는 바람. 이 바람의 다채로우면서도 풍부한 감성의 맛을 알게 된 사람이라면 부채를 그리워하지 않을 수 없으리라. 어느 해 여름 깊은 산사에서 한여름의 가장 무더운 때를 부채와 함께 난 후 내가 가지고 있던 낡은 선풍기가 고장 난 것을 시점으로 나는 다시 선풍기를 사지 않게 되었다. 그후로 내내 선풍기 없이, 물론 에어컨은 더더욱 없이 쥘부채 하나와 여름나기를 해왔다. 퍽이나 더울 때엔 땀도 좀 흘리면서, 흐른 땀을 느릿느릿한 부챗바람으로 달래듯 식혀주면서.

나는 에어컨을 싫어한다. 좀 과장되게 말하면 에어컨은 우리 생활에 일상화된 가전제품들 중 내가 유독 혐오를 버리지 못하는 물건이다. 내가 가진 에어컨 혐오증은 의식적인 것에서 기인하기도 하지만 즉물적인 반응에 속하기도 한다. 무더운 여름날 길을 걷다가 길 쪽으로 나있는 에어컨 실외기들을 지나쳐야 할 때가 종종 있다. 후끈한 열기를 내뿜는 그것들을 지날 때면 얼굴이 절로 찌푸려지고 왈칵 짜증이 난다. 한여름의 무더위에 냉방기가 내뿜는 열기까지 더해지면 도심은 그야말로 찜통이 된다. 찜통이 되어버린 도시 속에서 더 서늘한 냉방의 욕구를 지니게 되는 악순환의 폐쇄성이 아찔하다. 여러 사람들이 드나드는 공공건물이야 어쩔 수 없다 하더라도 집집마다 에어컨을 달아놓은 고층 아파트의 그 단호하고 폐쇄적인 속내는 현대라는 난파선의 이기적인 속물성을 그대로 드러내는 것 같아 마음이 쓸쓸해진다.

　내가 사는 곳만은, 내 아이에게만은, 이라는 수식어가 붙는 에어컨 광고들을 볼 때에도 마음이 불편해진다. 한 대로도 모자라 방마다 에어컨 필요하시죠? 라며 상냥하게 소비를 조장하는 광고들을 볼 때면 상품의 소비를 위해 강요되고 조장되는 소비의 수동성에 진절머리가 난다. 사실 에어컨은 절박한 필요에 의해서라기보다는 조장된 분위기에 의해 소비되는 경향이 강하다. 우리나라 같은 기후 환경에서 추위에 대한 난방의 요구에 비하면 더위에 대한 냉방의 요구는 견딜 만한 수준의 것이 아닌가. 질퍽하게 땀을 흘려보지 않고 여름을 나는 냉방 도시의 사람들이 선풍기 한 대로도 족했던 시절의 사람들에 비해 풍요로운 여름 나기를 하고 있다고 보이지 않는다.

부채 다비

부채를 부치는 방식은 그날 그 시간의 마음의 상태를 정확히 발현한다. 뭔가 짜증나는 일이 있을 땐 짧은 간격으로 부채를 급하게 여러 번 부치게 된다. 풀리지 않는 생각의 매듭이 있을 땐 쫙 편 부채로 이마를 톡톡 치거나 접었다 폈다 부치다 말다 하며 부채의 독백이 길어진다. 마음이 한가한 날엔 부채질 역시 한가하고 느릿느릿하게 간격이 큰 진자처럼 움직이게 된다. 부채가 손에 들려있는 그 순간의 마음의 상태는 부채를 쥐고 다루는 방식에 따라 다양한 형태로 나타나는데, 나는 때로 부채가 내 마음의 어떤 매듭을 진단하고 풀어주는 주치의 역할을 톡톡히 하고 있다는 생각이 들곤 한다. 맺힌 것은 풀어야 하고 표현해야 한다. 부채는 말이 없지만, 부채를 통해 내가 표현한 마음의 상태는 무의식중에 일차적인 치유의 과정을 겪는 셈이라는 것을 나는 뒤늦게 알았다. 이 표현의 양식은 내 마음의 상태와 상관없이 버튼 하나로 작동하는 기계와 벗할 때엔 얻을 수 없는 것이다. 에어컨 앞에서 나는 에어컨이 조절하고 뿜어주는 바람을 쐬는 수동적인 객체에 지나지 않지만 부채를 쥐고 있을 때 내 의식/무의식이 부채를 다루는 여러 가지 형태는 스스로를 조율하는 능동의 영역에 있다. 무엇 때문인가로 엉겨있던 마음도 여러 번의 짧고 다급

한 부채질을 통과하다 보면 다소 느슨해지고 느릿한 리듬을 찾게 된다.

부채가 내 지각에 환기하는 감성은 에로스에 가깝다. 이때의 에로스는 친밀한 접촉의 추억으로 내 마음을 적셔온다. 비스듬하고 느긋하게 앉아 부채를 부치고 있다 보면 한여름 밤 함석집 마당에 멍석을 내고 수박 한 덩이나 찐 옥수수를 나눠 먹은 후 어머니나 할머니 무릎에 베개를 고이고 들던 단잠이 떠오른다. 내가 무릎차지를 못한 날이어도 상관없다. 동생들을 무릎에 누이고 연잎 같은 부채를 부쳐주며 모기를 쫓거나 습습해진 머리카락을 엄마의 손이 후후 바람 불며 헤쳐주던 풍경은 보는 것만으로도 얼마나 만족스러운 행복감을 주었는지. 그럴 때 부채의 바람은 마치 숨결을 불어넣어 주는 듯한 미감을 지닌 것이어서 바람을 소통시키는 행위는 내게 원초적이라고 할 에로스와 안식의 기억을 자극한다. 손으로 부쳐 만들어낸 바람의 살과 접촉하는 느낌은 에어컨의 풍량을 조절하거나 선풍기의 풍향을 조절하는 일과는 견줄 수 없는 것이다. 부채를 통해 전해지는 바람에는 물리적인 공기의 파동을 넘어서는 비밀이 있다.

한 십 년간 선풍기를 가져본 적 없는 나는 이 기간 동안 세 번인가의 부채 다비식을 가졌던 것 같다. 여름의 끝에서, 혹은 가을 끝에서 불현듯 더 이상 사용할 수 없는 낡은 부채를 찾아내어 불태웠다. 무수히 우리를 스쳐가는 사물들 중에는 특별한 인연이라고 느껴지는 것들이 있다. 내 손에 들어왔다가 어느 날 홀연 잃어버리는 부채가 있는가 하면 이태를 한참 지나 접힘 부분의 한지가 나달나달해지도록 내 곁을 지키는 부채도 있고 부주의한 실수로 댓살이 꺾여버린 채 어느 서랍 속에 박혀 잊혀진 채로도 떠나지 않는 것들도 있다. 어느 가을 연례행사처럼 메모지나 사소한 기록들을 태우거나 정리할 때 문득 생각나 다비를 치러준 세 개의 부채는 지금 어느 허공을 깨우고 있을지.

최초의 부채였을 어느 착한 손이거나, 나뭇잎 부채, 혹은 이름 모르는 새가 떨구고 간 깃털을 모아 다시금 날개를 엮은 어느 우련한 마음을 생각한다. 순우리말인 부채의 한자말인 선扇은 집 속에 든 날개이지 않은가. 내가 불 속으로 안녕을 고했던 날개들, 그 날개를 이루었던 간소한 재료들인 대나무와 한지는 한 줌 재로 그이들의 고향으로 돌아갔다. 나무의 고향인 흙과 물속으로 불의 깃을 달고 사그라지며 날아간 부채. 지금 내 손 안의 부채가 어느 날 사라지고 나면 새로운 부채가 어떤 인연을 통해서 내게 올 것이고 그 인연이 다해지면 어느 날 문득 사라질 테지만, 아무리 생각해도 부채의 마지막은 다비茶毘가 알맞다.

11

손톱깎이,
송곳니의
기억

'햇빛'과 '햇볕'과 '햇살'과

햇볕 좋은 날이다. 창가에 앉아 공기 속으로 햇빛의 알갱이들이 퍼져가는 것을 오래 바라본다. 어린 나무의 이제 막 한 금 생겨난 물기 많은 나이테처럼, 혹은 해변을 적시는 보드라운 물거품처럼 적요하고 기분 좋게 내 살갗에 어룽지며 떨어지는 햇볕을 만끽한다. 오늘의 햇살은 아주 제대로 익은 듯하다.

제대로 익은 듯하다, 고 쓰면서 나는 '빛'이라는 말을 '볕'이라는 말 속으로, 다시 '볕'이라는 말을 '살'이라는 말 속으로 프렌치키스를 나누듯 밀어 넣는다. 딱딱한 무언가를 입속에서 오래 부리고 씹어서 부드러운 유체로 아기의 입속에 밀어 넣어주듯이. 오늘 같은 날, 저 볕은 유연하고 관능적인 살집을 유감없이 내보이는 것이어서 나는 햇살 속에서 무연히 달아오른다. 문득 햇살농사라는 말이 마음 어디께를 스쳐 지난다.

자식농사, 단풍농사라는 조어를 흔히 쓰듯이 '농사'라는 말에는 흙이나 물의 살집 같은 것이 어울려 비벼지는 건강한 관능이 있다. 농사가 생명의 근원인 데에는 먹을 것을 기르는 일 자체가 지닌 관능의 힘, 만물의 에너지가 소통하고 교합하며 만들어내는 근원의 힘이 있기 때문일 것이다. 게다가 저 푸성진 햇살의 잔치라니!

언제부터 우리는 '햇빛'과 '햇볕'과 '햇살'을 구분하여 말하기 시작했을까. 빛과 볕과 살로 변주되는 그 말들은 미세하지만 분명 다른 질감을 지닌 듯하다. '햇빛'이 시각적인 이미지를 강하게 지닌다면 '햇볕'은 촉각을 환기하며 감각의 주체에게 보다 가까이 있고 '햇살'에 이르면 통각이라고 할, 보다 종합적인 어떤 몸섞음의 상태에 가까워진다. 햇빛이 아직 대상화된 거리 속에 있다면 햇살은 피부와 혀에 감기고 마침내 무언가 부드러운 살점을 나의 내부로 밀어 넣는 듯한 교합의 친밀감 속에 있다.

계절로 치자면 봄과 가을에 그것은 햇볕에 가깝고 여름의 그것은 햇빛에 가깝고 늦가을부터 겨울을 지나 초봄에 이르는 그것은 햇살에 가까운 듯하다. 봄가을에 촉각으로 먼저 느끼는 그것은 햇볕이라는 말이 지닌 적당한 따뜻함을 즐기게 한다. 여름날의 햇빛은 그 앞에 살갗을 봉헌하기가 쉽지 않은, 일단은 피해야 할 거리를 유지하기 십상이고, 쌀쌀하거나 몹시 시려운 겨울날을 지나면서 햇살은 그 살의 거처인 양지로 나를 불러들인다. 겨울에 나는 창가나 마당가로 햇살을 찾아다니고 햇살과의 통음을 즐긴다. 겨울 햇살은 내 속에 숨어있던 적극적인 소통의 열망을 드러내게 한다.

그러고 보면 저 태양의 시간은 우리가 계절을 나듯이 한 바퀴의 공전을 거듭하는 동안 마치 과실처럼 익어가는지도 모르겠다. 아린 듯한 풋내를 띠기도 하고 함부로 자기를 건드리는 것들을 성깔 있게 밀쳐내기도 하다가 어느 때에 이르러 풍성한 살집을 드러내며 향기를 내통시키는 잘 익은 과실의 몸 같은 것.

어쨌거나 오늘의 햇살은 아주 제대로 익은 것이어서 나는 할 일을 모두 제쳐두고 햇살 속에 나와 논다. 이럴 때 흔히 내 시선을 붙잡는 것이 있다. 참 좋은 햇살 아래 혼자 놀 때 목덜미를 간질이는 햇살을 받으며 가만히 그것들을 들여다보게 된다. 햇살 속에 쫙 펼쳐보기도 한다. 햇살의 농도에 따라 그것들은 분홍에 가까운 조그맣고 반투명한 가면들처럼 보이기도 한다. 열 개의 창백한 꽃 같기도 하고 막 불길이 붙여지기 직전 제단에 올려진 촛대의 밀랍 같기도 하다. 열 개의 촛불이거나 열 송이의 꽃. 고운 한지가 발라진 작고 둥그스름한 열 개의 창문. 열 개의 뿔. 열 개의 깃털…… 이것은 참 기이한 구조물이다…… 이것은 손톱이다.

손톱 깎아야겠네……

　언제부터 나는 햇빛-햇볕-햇살 속에서만 손톱을 깎게 되었을까. 그다지 까탈스러운 천성을 지녔다고는 생각하지 않는 편인 내가 유독 손톱이나 발톱을 깎는 일에는 유난을 부린다는 것을 나는 알고 있다. 어렸을 적부터 할머니와 엄마는 밤에 손톱을 깎지 못하게 했고 소풍이나 수학여행 같은 비교적 먼 길을 가야 하는 때거나 시험 같은 중요한 일이 있기 전날에는 손톱을 깎지 못하게 했다. 깎은 손톱을 함부로 버리지도 못하게 했다. 한곳에서 손톱을 깎아 손바닥으로 깨끗이 쓸어 모아서 아궁이에 태우거나 여의치 않을 때는 종이에 꽁꽁 싸매서 휴지통에 버려야 했다. 마치 깎여진 손톱들이 도망이라도 갈까 봐 염려하는 것처럼. 나는 엄마나 할머니가 일러주는 시시콜콜하고 비합리적으로 느껴지는 여러 가지 금기들 - 이를테면 그믐밤에는 머리를 감지 말라는 둥, 문지방을 밟지 말라는 둥의 말들에 대체로 무심한 편이었지만 손톱을 깎는 일에서만큼은 금기를 따른 편이었다. 옛 어른들의 지혜에 기댄다면 아마도 밤에 손톱을 깎지 못하게 한 것은 음기가 강해지는 밤에 신체의 일부에 가해지는 분리의 체험이 좋을 것 없다는 측면도 있을 것이다. 실제로 손톱을 너무 바짝 깎으면 손가락에 힘을 주기 힘들다는 것을 경험한 나로서는 손톱이 무슨 삼손의 머리털처럼 힘의 원천까지야 안 되어도 그 비슷한 어름쯤에 있다고 생각했을 수도 있다. 여하한 내 기억 속에서 나는 늘 햇볕 속에서만 손톱과 발톱을 깎곤 했다. 아주 어렸을 때는 햇볕 따스한 함석집 툇마루에서 언니들이나 엄마가 손톱을 깎아주었고 혼자 손톱깎이를 쓸 수 있는 나이가 되었을 때에도 전등빛 아래서 손톱을 깎아본 기억이 거의 없다. 삼십삼 년 동안 내 몸에서 자라나 깎여나간 모든 손톱들이 찬란한 햇살 속에서 장례 지내졌다는 것은, 기이하지만 내가 지닌 사소한 개인적 습관 중에서 썩 마음에 드는 몇 안 되는 대목이기도 하다.

손톱이라는 인체의 구조물은 대단히 흥미롭다. 손톱은 단단하다. 깎을 때면 톡톡 튀거나 부러지기까지 한다. 그러나 손톱의 단단함은 일정한 유연성과 휘어짐의 가능성을 내재한 단단함이어서 상처 입을 수도 있다는 가능성까지를 담지한 채 육체의 극단에 노출되어있다. 손톱의 단단한 재질은 뼈의 일종으로 오인하기 쉽지만 손톱은 피부다. 머리카락처럼 손톱도 피부의 일부가 변해서 만들어진 살갗의 구성물이다. 우리 몸의 가장 외부를 이루는 피부이면서도 피부의 일반적 관습으로부터 특별하게 변형된 존재들인 손톱과 머리카락에는 샤먼이 산다. 손톱을 깎고 버리는 일에 관계된 금기들은 음양의 기운을 다스리고 액을 막기 위한 소박한 주술이면서 가장 물적인 존재인 인간의 몸에 대한 예의를 주문한다. 우리의 몸이 매일 매시간 다른 육체라는 것을 단시간에 육안으로 관찰하기는 힘들다. 어느 틈에 주름이 생겨나 있고 어느 틈에 없던 점이 생겨나 있기도 하지만 그것들을 발견하는 것은 그야말로 '어느 틈엔가'이다. 우리 몸의 매일의 변화를 가장 정직하게 가시화하는 것은 무엇보다 손톱이다.

피부의 변신물인 머리카락이나 손톱은 몸의 일부였다가 떨어져나가고 나면 사물화된다. 몸에서 분리되는 순간 쓸고 치워야 하는 골칫거리가 된다. 게다가 그것들은 몸에서 떨어져나가는 순간 조금쯤은 그로테스크한 이미지에 가까워진다. 손톱을 깎은 자리에 수북하게 쌓인 손톱의 편린들은 마음을 스산하게 한다. 그것은 죽음을 예고하면서 동시에 매일 매시간의 삶을 반증한다. 통계에 따르자면 우리의 손톱은 대체로 하루 0.1밀리미터 정도로 자란다고 한다. 계절로 치면 여름에 가장 많이 자라고 하루 중에는 밤보다 낮에 더 잘 자란다고 한다. 제법 길게 자라 어느 날 어, 손톱 깎아야겠네, 라는 순간이 오기 전까지 손톱은 소리 없이 자라지만 손톱의 미동은 어느 날 생긴 주름을 발견하는 일의 당혹감보다 훨씬 일상적으로 변화의 섭리를 직시하게 한다. 몸의 모든 부위는 날마다 변하지만 손톱만큼 그 변화를 자연스럽게 받아들이게 하는 부위도 드물다. 손톱을 깎고 깎은 후의 처리에 이르기까지 이러저러한 금기와 방도가 제시되었던 것은 몸에 대한 예의를 오늘의 현실로 사는 일이기도 했으리라.

햇살 속에서 손톱을 깎으면서 나는 흔히 굴광성의 식물을 떠올린다. 피부의 재생은 낮보다 밤 동안의 수면 시간에 더 잘 이루어진다고들 하지만, 손톱은 낮에 더 잘 자란다. 여름 수목의 싱싱함처럼 햇빛이 강해지는 여름날에 손톱은 더 잘 자란다. 햇빛을 받으면 더 잘 자라나는 손톱, 햇빛을 향해 기지개를 켜며 발돋움하는 손톱은 굴광성의 식물처럼 순정한 능동성을 지녔다. 손톱의 광합성에는 원시가 숨어있다. 우리 몸의 가장 극단에 심어진 열 개의 뿌리, 아니, 스무 개의 뿌리는 모두 저마다의 기억과 뿌리를 지닌 것이어서 모두 다른 속도로 자란다. 일반적으로 가운뎃손가락의 손톱이 가장 성장이 빠르며 엄지손톱이 가장 더디 자란다고 한다. 이는 외부의 자극에 반응하는 각각의 몫이 있기 때문일 것인데, 무엇을 집거나 만지든 가장 긴 손가락이 자극에 가장 많이 노출되기 때문일 터이다. 가장 긴 손가락과 가장 짧은 손가락은 자신들이 진화해온 기억을 따라 저마다의 원시를 꿈꾸는 '따로 또 같이'의 표상물이기도 하다. 손톱들은 모두 비슷해 보이지만 저마다 다른 꿈을 꾼다. 동시에 모두 다른 것 같아도 모두 서로에게 연결된다. 머리카락이나 황소의 뿔, 새의 깃털들은 전혀 유사성이 없어 보이는 가계를 이루면서도 손톱과 비슷한 유전적 가계를 지닌 것들이다.

손톱 속에 뜬 반달

참 좋은 햇살 속에 손가락을 쫙 펴고 손톱을 들여다보다가 손톱깎이를 찾아내 온다. 손톱을 깎을 때가 되었다. 햇살 속에서 언제나 손톱을 깎고 싶은 욕구가 생기는 것은 아니지만, 햇살이 퍽이나 야무진 이런 날은 너무 길게 자라지 않은 손톱이라도 깎고 싶어진다. 물론 퍽 길어서 보기 흉하게 되어 버린 손톱이라도 전혀 깎고 싶지 않을 때도 있다. 햇살 속에서 손톱을 깎으면서, 나는 종종 내가 알거나 알지 못하는 내 속의 야성을 만나곤 한다. 손톱을 깎는 행위는 기이한 양면성을 지닌 즐거운 곡예다.

햇살 속에서, 굴광성의 몸을 지닌 손톱에 손톱깎이의 날카로운 날을 맞물릴 때, 그 순간의 집요한 긴장은 내게 종종 원시를 환기한다. 지금 내 몸을 이룬 아득한 역사를 거슬러 올라가면 거기 날카로운 손톱과 발톱을 지닌 은빛 갈기의 짐승이 있을지도 모른다. 산야를 내달리거나 사막을 유랑하던 은빛 늑대의 어머니 족장이 있기도 하고, 기진한 어린 새끼의 목덜미를 입으로 물어 올리고 눈 쌓인 벌판을 맨발로 건너가는 어미 호랑이가 있기도 할 것이다. 새끼들의 밥을 구하기 위해 뜨거운 다른 몸속에 날카로운 발톱을 찔러 넣던 생명 가진 것의 비애와 환희가 동시에 있기도 할 것이다. 생명은 슬픔과 아름다움과 환멸과 포용을 역동적으로 구현하면서 생명으로서의 자기 정체성을 완성해간다. 손톱이랄지 이빨이랄지 하는 날카로운 인체의 부분들은 그 자체로 생의 역사를 증거하며 햇살 속에서 빛난다.

손톱을 깎는 행위는 야성을 추억하게 된다. 동시에 야성을 넘어선 또 다른 세계를 향해 가는 오늘의 실존을 견인한다. 손톱 깊숙이 손톱깎이의 날을 집어넣으면서, 문득 야성의 모체로서의 어머니를 생각한다. 손톱에 반달이 떴다. 내 손톱의 반달은 주로 엄지손톱에 나타난다. 손톱 속의 반달, 아직 다 차오르지 않은 생성의 도정을 증거하는 반달의 흰빛은 아직 각층이 되지 않은 가장 어린 손톱이다. 이제 막 생겨난 손톱이다. 아직 핏덩어리였던 어린 내게서 막 손톱이 생겨났을 때 내 손톱이 기억하는 첫 번째의 접촉은 어머니의 송곳니일 것이다.

태어나 삼칠일을 무사히 넘기고 어린 내 존재가 세상에 적응하기 시작하는 동안 나는 배냇저고리를 입고 있었다. 아기들의 배냇저고리는 소매가 길다. 긴소매째로 두거나 소맷부리를 묶어주거나 했던 배냇저고리의 조금은 우스꽝스러운 생김새는 아기의 손톱으로부터 아기를 보호하기 위해 지어진 것이다. 막 자라나기 시작한 손톱으로 아기가 제 얼굴을 스스로 할퀼까 봐.

세상에 태어나 내 손톱을 처음으로 깎아준 것은 손톱깎이라는 도구가 아니었다. 세상의 많은 어머니들이 흔히 그렇듯 아기들이 만나는 최초의 손톱깎이는 어머니의 이다. 세상의 엄마들이 아기의 손톱을 이로 잘근잘근 씹어 깎아주는 풍경을 추억한다. 내 손톱의 야성은 어린 내 손톱을 이로 씹어주던 어머니의 야성과 연결되면서 야성의 자가발전을 시작한 것인지도 모른다.

12

걸레,
저물고 뜨는 것들의
경계를 흐르는 입김

새해다. 신년호를 맞는 지면에 보낼 글을 쓰려고 마음을 고른다. 잠시 눈을 감았다가 뜨면 내가 놓여있는 공간을 나보 다 더 많이 차지하고 있는 것이 사물들이다. 때때로 내가 사 물들을 관찰하기보다 사물들이 나를 관찰하고 있다는 느낌 이 들기도 한다. 내가 미처 주의를 돌리기도 전에 쭈욱 나를 응시해온 탁자, 침대, 접시, 액자, 필기구, 노트들……. 사물들 을 소재로 글을 쓰는 일은 이처럼 숱하게 널려있는 오랜 응시 자들과의 한담으로부터 시작하기 십상이므로 글감이 떨어지 는 일은 없겠다. 그런데도 나는 오래도록 고민한다. 지금 이 순간, 내가 건넬 말을 기꺼이 받아줄 만한 사물과 만나야 한 다. 내가 말을 걸어도 그가 자기 속내를 보여줄 의사가 전혀 없다면 곤란해진다. 사물의 속내란 그것에 말 거는 내 무의식 의 속내이기도 하다. 그것들은 지나치게 예민하거나 수줍거나 완강한 자기 보호벽을 지니기 십상이어서 언제, 어디서, 어떻 게 말 거느냐에 따라 글의 운명이 달라지곤 한다.

천천히 내가 놓인 공간을 훑어간다. 가끔씩 눈을 감고 마음에 떠오르는 사물들의 의사를 타진해간다. 매력적인 것들이 많다. 나는 창가에 널어둔 걸레를 애써 피해간다. 마음 어딘가에서 갑자기 떠오른 고향집 거실 구석에 놓여있던 빨간 걸레 바구니도 피해간다. 아까부터 여러 차례 내게 말 걸어오는 걸레를 나는 자꾸 피해가고 있는 것이다. 걸레라는 사물은 신년호의 지면에 그다지 어울리지 않는다는 의식의 편향 때문이다. 갑자기 나는 무언가 부자연스럽다는 것을 깨닫는다. 새해 첫 지면엔 꿈과 희망 등을 말하기 쉬운, 삶의 양지쪽에 있다고 생각되는 사물을 거론하는 것이 자연스럽다고 생각하는 이 부자연스러움! 나는 어느새 좋은 것과 나쁜 것, 아름다운 것과 추한 것을 그 외양의 뉘앙스만으로 경직되게 대립시키고 있지 않은가.

음지에 놓인 사물들이 있다. 쉽게 발화發話되지 않는, 명명하기 꺼려지는 사물들의 세계가 존재한다. 우리의 필요에 의해 존재하게 된 것임에도 불구하고 그 존재의 가치를 은연중에 폄하하게 되는 사물들 앞에서 우리가 지닌 허위의식은 난간에 선다. 걸레라는 사물을 왠지 피해가고 싶어 한, 동류가 되어서는 안 되는 무언가 더럽고 쇠락한 범주로 규정하고 있던 내 고정관념이 얼마나 위선적인 것인지 돌연 깨닫는다. 걸레는 양지를 품은 음지의 사물이다. 걸레는 정결함을 품은 더러움의 형식으로 존재한다. 걸레의 존재 방식은 생의 한가운데처럼 복합적이다.

진실로 더러운 것은……

걸레는 축축하다. 그것은 흔히 유쾌하지 않은 후각과 축축하게 젖어있는 촉각과 어딘가의 구석에 쑤셔 박히듯 숨겨진 시각의, 헝클어지고 복합적인 공감각으로 존재한다. 시각과 청각, 혹은 시각과 촉각 등 두 개 이상의 감각 작용을 촉발하는 사물들은 흔하지만 후각까지를 자기 존재의 숙명으로 받아들인 사물은 흔하지 않다. 후각은 생의 비밀, 낮은 지대의 뒷골목에 가장 핍진하게 밀접해있는 감각이며 가장 능동적으로 어딘가로 끊임없이 흘러가는 감각이다. 걸레는 하나의 사물이 지닐 수 있는 가장 복합적인 감각을 지닌 채 어디엔가 방치된다. 그것이 놓이는 장소는 탁자나 의자 밑이거나 방의 구석이다. 탁자나 침대처럼 공간의 중심을 차지하는 일은 걸레에게는 결코 일어나지 않는다. 걸레는 인간의 혀끝에 올려져 비유로 쓰일 때에도 가장 저속하고 음험한 욕으로 전락하곤 한다.

욕을 연습해보던 때가 있었다. 소녀기를 막 지나면서 터

프해 보이고 싶던 시기였나 보다. 삐딱한 자세로 단말마처럼 욕을 씹어뱉는 요절한 젊은 배우가 멋있어 보이던 때였고, 학교 체육대회 때 응원단을 맡곤 하는 언니들의 걸걸하고 약간은 거친 듯한 포즈가 부러웠던 때였다. 내게 결핍된 부분이었기 때문이었는지도 모르겠다. 나는 지나치게 내성적인 아이였고 보통의 여자아이들에게 요구되던 규범에 적어도 외양적으로는 충실한 아이였다. 그런 내가 스스로 답답해서였을까. 혼자 돌아오는 하굣길이나 아무도 없는 운동장 같은 데서 나는 가끔 몇 마디의 욕을 입 밖에 내어 중얼거려보곤 했다. 무엇엔가 화가 나서도 아니었고, 단지 그냥, 욕이라는 걸 해보고 싶어서 연습 삼아 뱉어보던 때였다.

성인이 된 후 신문이나 텔레비전을 보다가 가끔 욕이 튀어나온다. 개새끼! 혹은, 개새끼들! 지난해 내게서 이 욕을 가장 많이 들은 것은 텔레비전 속의 부시였고, 그를 지원하는 극우파들과 원리주의자들이었고, 먹거리를 가지고 장난을 치는 파렴치한들이었다. 피를 거꾸로 솟게 하는 작당들에게 내가 입 밖에 낼 줄 아는 유일한 이 욕을 씹어뱉곤 하지만, 뱉고 나면 이내 회의가 들곤 한다. 개새끼라니! 탐욕과 위선과 교만에 차서 음모와 폭력과 전쟁을 일삼으며 생명을 유린하는 짓을 개들은 하지 않는다. 직유나 은유를 동원한 욕들은 이름을 빌려온 대상을 흔히 욕되게 한다. 욕은 허위와 허장성

세에 딴지를 걸며 맺히고 억눌린 것들을 다소나마 분출시켜
온 살아있는 말 문화다. 그러나 동시에 비유를 빌린 어떤 욕
들은 욕이 끌어오는 대상을 인간 중심적인 틀 속에 편협하게
고정시키면서 인간 이외의 존재들에 대해 무례를 범하기도
한다. 텔레비전이나 신문 앞에서 내가 씹어뱉곤 한 욕은 오히
려 개들에게 욕이 되는 말이다. 걸레라는 말도 마찬가지다.

아무려나 걸레는 인간의 말 따위에 신경 쓰지 않는다. 제
도권 바깥의 야인 기질을 지닌 그것은 형식에 구애되지 않는,
고정된 틀에 얽매이지 않는 자유주의자적인 면모를 지녔다.
걸레는 성속일여聖俗一如의 화두를 들고 자기 온몸으로 정직
하게 구도하는 사물이다. 진실로 더러운 것은 걸레도 아니고,
걸레가 온몸으로 닦아내는 먼지나 얼룩, 엎질러진 국물 따위
도 아닌 것이다.

가벼운, 그러나 가볍지 않은

나는 깨끗하고 예쁜 걸레를 가지고 싶었다. 교직에 있으
셨던 아버지 덕에 우리 집에는 늘 손님이 많았다. 명절 때나
학교행사가 있을 때면 선생님들이 자주 집에 들르곤 했는데
식사 대접을 해야 하는 경우도 종종 있었다. 그럴 때면 엄마

를 도와 상 차리는 일을 했는데 나는 늘 행주가 불만이었다. 러닝셔츠 등속의 낡은 면직물들은 걸레가 되기 전에 먼저 행주가 되는 일이 많았기 때문에 늘 어딘지 좀 후줄그레한 행주를 들고 손님들이 앉아있는 마루에 상을 펴고 닦을 때면 언제나 행주가 신경 쓰였다. 상을 치울 때도 마찬가지였다. 그릇을 걷어내고 상을 닦을 때에도 나는 네 귀가 반듯하게 접히는 뽀얀 행주를 쓰고 싶었다. 걸레도 비슷하다. 손님들이 있는 자리에서 걸레가 필요하게 될 때면 심부름을 하던 나는 걸레를 들고 나가기가 죽기보다 싫었다.

그다지 깔끔을 떠는 성격도 아닌 내가 유독 걸레나 행주에 대해 보인 반응은 좀 복잡하달 수도 있겠다. 보이는 곳에 있는 사물보다 구석진 곳에 있는 사물이 뭔가 더 반듯해야 한다고 생각했는지도 모르겠다. 이를테면 마루에 놓인 진열장 속보다 구석방 옷장 맨 아래 서랍 속의 것들이 더 가지런해야 한다고 생각했으니까. 아무튼 너덜너덜하고 얼룩덜룩한 걸레로 아무렇지 않게 손님들 앞에서 쓱쓱 바닥을 닦곤 하던 엄마의 모습은 오래도록 나를 따라다녔다. 가난한 대식구의 살림을 억척스럽게 살아낸 엄마의 굳은 손발만큼이나 우리 집 걸레들은 옹이와 구멍이 많았다. 걸레들은 아빠의 러닝셔츠로부터 출발하는 경우가 대부분이었다. 오래 입어 늘어지기 시작한 아빠의 러닝은 엄마의 러닝이 되곤 했고 헐렁한 러닝을 엄마가 오래 입어 앞가슴께에 몇 개의 바늘구멍이 뚫리기 시작하거나 목 언저리나 겨드랑이의 실밥이 터지기 시작할 즈음에야 그것들은 걸레가 되었다. 내가 손님들 앞에 걸레를 들고 나가기를 그토록 싫어한 것은 헐렁해진 아빠의 러닝을 입곤 하던 엄마를 들키고 싶지 않았기 때문인지도 모른다. 혹은 애초부터 걸레로 태어나지 않은, 무언가 다른 경로를 거칠 대로 거친 마지막에야 걸레에 이른 그것들이 싫었는지도.

지금은 어떤지 모르겠지만 내가 초등학교를 다닐 때 대청소 시간의 중요한 일과는 마룻바닥을 윤나게 닦는 일이었다. 긴 나무쪽 판을 잇대어 만든 교실과 복도의 마룻바닥에 양초를 문지르고 마른걸레로 반질반질 윤나게 닦는 청소 시간은 일종의 놀이터이기도 했다. 아이들에게 놀이터의 경계가 따로 없다는 것은 아이들만이 가지는 축복이다. 아이들은 모든 공간과 시간을 자신의 놀이터로 변화시키는 능력을 지녔고 놀이에 대한 욕구는 아이들의 세계가 원초적인 창조성을 지닌다는 것을 증명한다. 공장에서 대량 제공되는 장난감이 많지 않던 그 시절의 아이들이 컴퓨터게임이며 각종 오락기들과 장난감의 홍수 속에 사는 지금의 아이들보다 무궁한 놀이의 세계를 살았음은 분명하다. 그 시절의 아이들은 몇 개의 조약돌이나 한 오라기의 실, 검정 고무줄 한 줄, 운동장에 널린 모래흙이나 버려진 운동화 한 짝, 나뭇잎과 꽃잎 등속까지도 놀잇감으로 창조하곤 했다. 우리는 마룻바닥에 초를 먹이고 교실 이 끝에서 저 끝까지 걸레를 밀며 달리기 시합을 하거나 얼음장에서 썰매를 끌어주듯 번갈아가며 서로에게 걸레 썰매를 태워주기도 했다. 엉덩이로 걸레를 깔고 앉거나 두 발로 걸레를 사뿐 밟고서, 윤도 내고 썰매도 타는 일거양득의 놀이에 득의만만해하면서 말이다.

이때에도 문제는 걸레였다. 한 달에 한 번 정도 마룻바닥을 닦는 대청소 시간이 돌아오면 집에서 걸레를 하나씩 만들어 가야 했는데 나는 매번 걸레 때문에 엄마와 신경전을 벌였다. 나는 다른 아이들처럼 노랑이거나 연초록 혹은 깨끗하고 보송보송한 흰 수건으로 만든 귀가 딱 맞는 사각형의 걸레를 엄마도 만들어주길 원했지만 내가 만들어 갈 수 있는 걸레는 낡을 대로 낡은 내복으로 만들어진 걸레였다. 무릎이나 팔꿈치가 나달나달해진, 더는 입을 수도 없는 케케묵은 내복들이 어디서 그렇게 끊임없이 나오는지, 엄마는 결혼한 후 할아버지 할머니부터 아빠와 언니들이 입던 아주 오래된 내복까지 하나도 버리지 않고 살아온 것만 같았다. 해지고 보풀이 일고 좀벌레가 먹기도 한 그것들은 네 귀가 딱 맞게 두툼한 걸레로 꿰매어져도 그것이 아주 오래 입은 내복이라는 흔적을 피해가지 못했고, 나는 내복으로 만든 걸레를 가지고 학교에 가는 것을 얼마나 싫어했던지.

부모님으로부터 독립하고 스스로 집 안 청소를 해야 하는 세월이 오면서 문득문득 엄마의 걸레를 생각하곤 한다. 러닝셔츠에서 행주로 행주에서 다시 걸레로 쓰임새를 바꾸거나 다른 무엇무엇이다가 걸레가 되는 것들의 가벼워진 몸을 생각한다. 어린 날 나는 처음부터 딱 그것만의 소용으로 태어나는 걸레를 원했지만, 걸레는 걸레라는 목적에 의해 탄생하지는 않는다. 없는 것 없는 대형 슈퍼마켓에서 행주는 팔아도 걸레는 팔지 않듯이 말이다. 그리고 역설적으로 걸레가 탄생하는 바로 그 방식이 이 지독한 소비 중심의 물질주의 시대를 건너온 아름다운 지혜 한 자락을 빌려준다.

　　직접 내 집 살림을 시작하면서 나는 간신히 엄마가 살림을 살아온 방식을 이해하기 시작했다. 엄마는 말 그대로 '살림꾼'이었다. 살림을 산다, 는 말이 얼마나 중요하고 근사한 말인지를 깨닫는 데 많은 시간이 흘렀다. 여자들의 가사노동이 가치를 인정받지 못하는 데 대한 각성의 요구로 언제부턴가 '전업주부'라는 말이 선호되기도 하지만, '살림'을 '사는' 쪽이 아무래도 '전업'이라는 말보다 내게는 더 활기차고 역동적인 느낌으로 다가온다. 나 자신이 속한 공간을 챙기는 일은 생명 활동이 유지되는 가장 기본적인 토대를 보살피는 일이다. 집은 '살리는' 일의 기본단위이고 살리는 일을 '살아온' 어머니는 식구들 중 가장 힘이 세다. 그리고 집을 살리는 데 걸레는 없어서는 안 되는 사물이다. 요즘처럼 소비하고 버리는 일이 아무런 자의식 없이 함부로 치러지는 세태 속에서 걸레 하나마다 유장한 역사를 만들어온 엄마의 살림살이를 나는 아주 늦게야 탄복하며 들여다보게 되었다. 소용을 다했다고 여겨지는 것들의 목숨을 다른 형태로 부활시키는 지혜, 엄마의 걸레는 한 톨의 씨앗으로부터 목화가 피고 거두어져 면사로 직조되고 속옷으로 만들어진 이후 걸레로 집 안 곳곳을 살려내기까지 가장 알뜰한 형태로 최초의 씨앗과 꽃에 대한 예의를 다한 셈이다.

걸레 지난 자리에 피는 꽃

나는 그다지 깔끔한 성격이 못 되어서 청소도 게으르다. 적당히 어질러진 상태를 즐기기도 하고 어차피 이런저런 먼지 부스러기들과 몸 섞고 사는 일인데 뭐, 라고 내 게으름을 낙관한다. 적당히 어지르고 적당히 치우다가 일주일에 한 번 맘먹고 청소를 하는데 이때만큼은 교실 마룻바닥을 닦던 어릴 때처럼 무릎을 바닥에 모으고 오체투지하는 자세로 걸레질을 한다. 걸레를 앞에 두고 무릎을 꿇는 자세는 기묘한 정신의 각성을 불러오곤 한다. 걸레 냄새를 코앞에서 맡을 때도 있다. 퀴퀴하면서도 어딘지 흙냄새를 닮아있는, 걸레 냄새는 시들어가는 것과 피는 것의 순환을 담지한 냄새다. 쇠락과 재생은 어떤 형태로든 연관되어있다. 걸레는 연관되어있는 세계의 순환을 단적으로 증거한다. 걸레는 저물고 뜨는 것들의 경계에서 지상의 얼룩을 지우고, 공간은 흘러간다. 나는 걸레가 지나간 자리가 꽃피는 것을 엎드려 오래 바라본다.

13

생리대,
깃발,
심연의 꽃자리

광장에 내걸린 빨랫줄에 생리대들이 주렁주렁 매달려있다. 들여다보니 저마다 생리대에 다양한 빛깔의 글씨로 무언가 쓰여있다. 내 몸이 웃네. 생리는 내 친구. 생리대 값 좀 내려요! 배고파요. 여인의 힘……. 가지각색의 알록달록한 낙서들이 쓰여진 생리대를 탁 트인 광장의 푸른 하늘 아래 주렁주렁 내걸어놓은 이 유쾌한 놀이라니! 나는 즐거워진다. 햇살과 바람이 빨랫줄 위로 내려와 알록달록한 생리대 위를 '도레미파솔라시도'로 건너간다. 바람과 햇볕 아래 나와 천연덕스럽게 사지를 쫙 펼친 생리대들도 모처럼 아주 신이 난 듯. 빨랫줄에 걸린 생리대들을 신기하게 들여다보며 오가는 이들의 얼굴 표정도 가지각색이다.

그 붉은 핏빛으로부터

　몇 년 전부터 한 여성문화단체가 주최하고 있는 월경페스
티벌의 한 장면이다. 발랄하고 싱싱하다. 물론 빨랫줄에 내걸
린 생리대들 속에는 이런 낙서들도 눈에 띈다. 하긴 해야죠,
어쩔 수 없이, 귀찮아요, 안 했으면 좋겠어요, 억울해, 왜 여자
만 해야 하지? 솔직히 좀 지저분해요……. 있을 수 있는 말 걸
기다. 월경에 대한 왜곡과 터부의 역사가 길고 길었던 만큼 한
걸음에 금기와 부정으로부터 자유로워지기는 어려울 것이다.
더구나 몸에 직결된 문제이므로 개개인이 느끼는 주관적인
인식의 편차도 있을 터. 우선은 이 모든 말 걸기의 시도 자체
가 소중하다. 꽁꽁 동여매진 채 음지로만 유전하던 벙어리 생
리대를 햇빛 쏟아지는 광장 아래 활짝 펼쳐놓고 네가 누구냐
고 물어보는 일. 월경이 여자에게 어떤 의미인지, 인간의 삶과
창조의 힘에 월경이 어떻게 관여하는지를 묻고 사유하고 긍
정해가는 과정은 여성이 자기 삶의 주체가 되어가는 아주 중
요한 통과제의이기도 하다. 월경을 긍정하는 것은 음험한 비
밀로 봉인되어 변방의 소문으로 떠돌기 일쑤인 여성의 몸에
대한 총체적인 긍정의 시작이므로.
　월경은 단지 자궁에서 흘러나온 불필요해진 핏덩어리가
아니다. 월경 전후의 증후들과 섬세하게 얽혀있는 월경은 대

음순, 소음순, 클리토리스, 질을 아우르는 여성 성기와 나팔관, 난소, 난관, 자궁에 직결되며 젖가슴의 아주 세밀한 부분인 젖꽃판의 돌기 하나하나에까지 연관되어있는 총체적인 몸의 말이다. 손을 들어 그 곡선들을 짚어가 보라. 여자들은 여러 개의 심장을 가졌다. 봉긋한 두 젖가슴으로부터 성기에 이르는 삼각지를 부드러운 포물선으로 연결해갈 때 완성되는 커다란 하트는 그 속에 생명력과 창조의 근원인 여러 개의 하트를 품고 박동한다. 여성 성기의 하트와 자궁의 하트와 심장의 하트, 이 여러 개의 심장이 뿜어내는 생명력의 에너지는 겹치고 연결되면서 서로를 격려한다. 여러 개의 심장이 몸의 중심에서 피워낸 월경이라는 물질적인 증후를 긍정하지 못할 때 우리의 삶은 불완전해진다. 지상에 존재하는 모든 남녀는 단 한 사람의 예외도 없이 이 겹쳐진 심연의 핏방울로부터 창조되었으므로.

그러므로 생리대를 광장에 내어놓은 저 유쾌한 잔치는 중요하다. 생리대에 대한, 월경에 대한, 우리 자신의 몸에 대한, 생명의 근원에 대한 사유를 촉구하기 때문이다. 월경에 대한 사유는 정치精緻해야 한다. 정치·경제·문화의 구심에 여성을 들여놓기를 거부해온 남성 중심의 역사 속에서 온갖 오해와 무지로 범벅된 채 오랜 세월 배제의 도구로 이용되어왔기 때문이다. 동서양을 막론하고 월경 중의 여성은 불결한 존재로 취급되어 신성한 장소에 접근이 금지되었고 각종 제의에서 배제된 것은 물론 종교적인 정화 절차를 거쳐야 하는 더러운 대상으로 여겨지기도 했다. 근대에 이르기까지 여성의 생식기 구조와 월경의 메커니즘에 대한 무지도 놀라운 정도거니와, 남성 중심의 의학적 관점은 월경을 손실과 실패의 경험으로 내면화시켜 오곤 했다. 임신에 실패한 난자의 덩어리로 월경을 인식한다는 것은 여성의 몸을 단지 종족 생산의 도구로 전락시키는 가장 천박한 가부장적 사유의 단면이다. 변방으로 격리된 월경하는 여성의 몸은 손실과 실패의 상징으로 다시 한 번 불결해지곤 했다. 이토록 기나긴 배제와 모독의 역사는 월경의 주체인 여성 스스로도 자신의 월경을 긍정하지 못하도록 내면화되기 일쑤였고 남성들은 물론 여성들조차 아직도 월경을 더럽다, 귀찮다, 소모적이다, 원죄다 등으로 인식하는 경우가 흔하다.

일상적으로 자연스럽게 발화되기 곤란한 감추어야 할 무엇으로 치부되던 월경과 생리대의 기억을 여성이라면 누구나 한 번쯤 가지고 있을 것이다. 두려움과 흥분이 범벅된 초경의 기억, 옷이나 이불에 월경혈이 묻어 쩔쩔매던 기억, 체육 시간에 남자 선생님 앞에서 우물쭈물하던 기억, 생리대를 사기 위해 여자 약사나 점원이 있는 약국이나 슈퍼를 찾아 동네를 빙빙 돌던 기억들. 그나마 어렵게 산 생리대는 신문지에 싸여 다시 검은 비닐봉지에 담겨지곤 했다. 사용한 생리대는 더 심하다. 마치 더러운 무엇인가를 받아낸 오물을 처리하듯 서둘러 감추어지고 버려진다. 방금 내 몸에서 흘러나온 월경혈이 묻은 생리대를 활짝 펼쳐놓고 한번 들여다보라. 그것이 더러운가? 그 붉은 핏빛으로부터 목숨을 얻어 우리는 세상에 온다.

'첫꽃'이 피어난 그날

오래된 내 기억의 창고에서 떠오르는 영상 하나, 서너 살쯤 되었을까. 함께 놀던 동네 꼬맹이들한테서 따돌림을 당한 날이었나 보다. 슬레이트 지붕이 나지막한 사택 뒷마당의 감나무 아래에서 나는 선 채로 오줌을 누었다. 바지춤을 내리고 서서 사내아이들처럼 아랫도리에 힘을 주었지만 내 오줌발은 사타구니를 타고 흘러내려 바지를 적실 뿐이었다. 종아리를 타고 내려와 발등까지 뜨듯하게 젖어오던 오줌발의 느낌이 생생하다. 함께 놀던 아이들은 나를 떼어놓고 저희들끼리 개천가에서 오줌발 멀리 보내기 시합 따위를 하고 있었을 것이다. 계집애가! 넌 고추가 없잖아. 고추도 없으면서! 그날 나는 나를 떼어놓았던 사내아이들에게 보란 듯이 서서 오줌을 눠 보이고 싶었나 보다. 젖은 바지를 장롱 깊은 어딘가에 엄마 몰래 숨겨놓고 나는 기이한 종류의 죄의식을 느꼈던 것 같다. 그 뒤로 어찌되었는지는 기억에 없다.

그날의 기억은 어린 시절의 내 무의식 속을 상처로 떠다녔는지도 모른다. 나는 왜 없을까. 그들에게 있는 것이 내게 없는 것이 아니라 그들과 내가 단지 '다른' 몸이라는 것을 깨닫기까지 좀 더 시간이 흘러야 했다. 아들을 낳기 위해 여러 번의 산고를 치러야만 했던 어머니를 안타깝게 바라보며 자란 때문인지 모른다. 어린 날의 나에게 여자아이라는 것은 제2의 성性인, 결핍의 의미로 먼저 다가온 듯하다. 그러고는 잊고 지냈다. 그 사이 나는 여고생이 되었고 첫꽃이 비쳤다. 고등학교 2학년인 열일곱 살의 겨울이었다. 또래 아이들에 비해 초경이 퍽 늦었던 그때까지도 나는 월경을 특별히 궁금해해본 적이 없다. 친구들이 월경을 한다는 것도 알고 있었고 생물 시간에 월경에 대해 배우기도 했지만 그것이 내 몸과 관련된 세계라는 생각을 해본 적이 없었다. 어린 날 내가 지녔던 결핍감이 여성인 내 몸에 대한 관심을 무의식적으로 차단했는지도 모르겠다.

보통 여자아이들에 비해 스스로의 몸에서 '여성'을 눈뜨는 시기가 퍽 늦게 찾아왔지만, 뜻밖에도 내 초경의 기억은 화사하고 따뜻하고 충만한 것이었다. 그 화사함이 이전에 내가 가졌을지도 모르는 결핍의 공포를 자연스럽게 상쇄시켜

주었는지도 모른다. 고등학교에 막 올라간 나에게 어느 날 엄마가 말했다. 꽃이 비치면 엄마에게 말하렴. 팬티에 꽃이? 나는 어리둥절했지만 그것이 어떤 의미인지 곧 눈치챌 수 있었다. 응. 말수가 적은 아이였던 나는 그렇게 대답했고 곧 잊었다. 그 뒤로 2년이 더 흐른 겨울날 자그마한 분홍 풀꽃처럼 흰 팬티에 도장을 찍듯 갑자기 첫꽃이 피어났다. 나는 그것이 엄마가 말한 꽃이라는 것을 알았고 그제야 조금쯤 들뜨고 두려운 마음으로 엄마에게 말했다. 엄마, 꽃이 비쳤어. 그때 내 목소리는 어떤 것이었을까. 엄마는 아주 환하게, 아주 크게 팔을 벌려 나를 안아주었다. '꽃'이라는 말과 엄마의 포옹. 이것은 내게 월경이 축복임을 전달한 가장 명징한 계기였다. 이전에 내가 가지고 있었을지도 모르는 내 몸에 대한 결핍감과 강박은 내가 "엄마, 꽃이 비쳤어."라고 발음한 순간 완전히 내게서 사라졌다. 사소해 보이는 어떤 사건이 한 인간의 전 생애에 영향을 미칠 수도 있다는 것은 생의 놀라운 비밀 중 하나다. 친화력과 화사함과 생명력을 동시에 지닌 '꽃'이라는 말과 환한 웃음과 포옹으로 내 초경을 맞아준 엄마에게 감사한다. 내 몸에서 꽃이 피었다고 내 초경을 스스로 말할 수 있었던 것에 감사한다.

그날 밤, 나와는 터울이 많이 져서 이미 성숙한 처녀들이던 언니들이 파티를 열어주었다. 조그만 케이크에 내 첫 월경을 축하하는 한 살배기 촛불이 켜진 그날 처음으로 나는 생리대를 만져보았고 일회용 생리대 쓰는 법을 배웠다. 파티의 기억은 아주 유쾌하고 따스한 여자들의 연대 속에 있는 것이어서 나는 든든하게 보호받고 있다는 느낌과 축복의 느낌을 맘껏 가질 수가 있었다. 그것은 내가 무의식적으로 내 몸에 대해 가지고 있었을지도 모르는 억압의 기제를 전복시키는 따스하고 충만한 힘을 지닌 것이었다. 만약 그날의 기억이 감추어야 하는 것, 금기에 가까운 것, 함부로 대하는 것 등으로 각인되었다면, 그리하여 무언가 우울하고 두려운 심정으로 초경을 맞게 되었다면 내가 나의 '여성'을 긍정하고 사랑하게 되기까지 훨씬 더 길고 힘든 시간이 필요했을지도 모른다.

햇빛과 바람 속에서 나부낄 흰 천들

초경의 그날로부터 15년 남짓한 세월이 흐른 어느 날 나는 고향집에서 생리대를 찾느라고 장롱과 다락을 뒤지고 있었다. 엄마, 기억나? 나 초경 때 엄마랑 둘째 언니가 선물했던 소창 생리대 말야, 그거 어디에 있을까? 초경파티가 있던 그날, 나는 두 종류의 생리대를 선물받았다. 일회용 생리대 한 통과 소창으로 만든 흰 면 생리대 다섯 장. 석 장은 엄마가 나를 위해 미리 준비해 장롱 깊이 넣어둔 것이었고 두 장은 둘째 언니가 선물한 것이었다. 내 위의 언니 셋은 모두 개성이 아주 뚜렷한 여자들이어서 큰언니가 무던한 중도파라면 셋째 언니는 활달하고 세련된 모던파였고 둘째 언니는 문학적이면서도 종교적인 품성이 강한 다소 고전적인 여자였다. 한 집에서 자란 자매들이 이처럼 다른 개성을 지닌 것에 지금도 나는 흥미를 느낀다. 찬물에 먼저 담갔다가 약한 불에 뭉근하게 삶으면 깨끗하고 뽀얗게 삶아져. 넓은 것은 생리 양이 많은 밤에 쓰면 좋아. 불안하면 옷핀으로 고정시켜도 되지만 위생 팬티를 입으면 걱정할 것 없어. 둘째 언니는 흰 소창 생리대를 지갑처럼 예쁜 천 주머니에 넣어 내게 주면서 말했고 셋째 언니는 언니도 참, 요즘 누가 이런 걸 써. 바지 입을 때 맵시도 안 나고 활동하기에도 얼마나 불편한데, 하고 쯧쯧 혀를 찼다. 나는 아기기저귀 같은 면 생리대보다 얄팍한 일회용 생리대가 훨씬 편리할 거라는 걸 직감하고 있었으므로 건성으로 둘째 언니의 말을 들었던 것 같다. 면 생리대는 그러곤 잊혀졌다.

면 생리대를 다시 찾은 것은 그때로부터 오랜 시간이 흐르는 동안 내 관심사의 변화를 의미하기도 한다. 일회용 기저귀나 생리대를 만들기 위해 잘려나가야 하는 나무의 천문학적인 수치 앞에서 놀라기도 했고, 그것들이 자연 상태에서 분해되는 데 몇백 년이 걸린다는 보고, 펄프를 제외한 부직포,

방수 필름, 접착테이프 등은 자연 상태에서는 거의 분해되지 않는 물질이라는 것, 흡수력을 높이기 위해 사용하는 화학 소재들이 소각 시 심각한 유해가스를 발생시킨다는 것, 그나마 그냥은 잘 타지 않아 석유를 붓고 소각해야 한다는 것, 나무를 펄프로 가공하는 과정에서 사용되는 형광표백제가 발암성 물질인 환경호르몬이라는 것 등등의 보고들은 나를 아찔하게 하곤 했다.

게다가 언제부턴가 내 몸이 일회용 생리대를 몹시 힘들어한다는 것을 자각하기 시작했다. 생리 전후까지 평균 닷새를 일회용 생리대를 하고 있다 보면 사타구니의 부드러운 살이 합성 소재의 이물감에 짓무르기 일쑤였고 통기성이 거의 없다 보니 가려움증과 불쾌함이 동반되기 일쑤였기 때문이다. 월경 때가 되면 나는 월경 자체보다 일회용 생리대가 유발하는 몸의 이물감과 불쾌함을 더 걱정해야 했다. 어쩔 수 없이 견뎌야 하는 것으로 치부하던 어느 날 공중화장실에서 생리대를 갈다가, 화장실 쓰레기통에 다른 오물들과 뒤섞여 버려진 생리대들 속으로 내가 쓴 일회용 생리대를 버리려는 순간, 더 이상은 안 되겠다는 생각이 들었다. 몸의 불쾌함이나 심각한 환경문제도 그렇거니와 한 번 쓰고 함부로 버려지는, 그것도 오물로 분류되어 버려지는 일회용 생리대가 관성화될 때 존중받아야 할 월경의 경험은 자궁과 자존으로부터 다시 한

번 배제되기 시작한다는 생각이 들었기 때문이다.

이제 나는 상상한다. 햇빛과 바람 속에서 환하게 나부끼는 희디흰 천들, 그것들로부터 꽃 피고 녹음이 우거지고 낙엽이 물들고 겨울잠에 들어가는 모든 초목들과 대지에 이마를 댄 모든 목숨붙이 위로 내리는 부드럽고 촉촉한 혈흔을. 지상의 가장 탐미적인 꽃이며 바다와 달을 밀고 당기는 놀라운 물리적 힘이며 창조의 영감이 신성한 생명으로 오는 아침을. 오늘 광장에서 나부끼는 생리대들 속에 내일은 월경혈이 선명하게 묻은 생리대가 나부껴도 좋겠고 그 다음 날은 일체의 화학적 손질을 사양한 면 생리대가 치렁치렁 나부껴도 좋으리라고. 그 광장으로 구름이 목화꽃처럼 내려와 앉아도 좋겠고 얼굴 맑은 사람들이 두런두런 모여 앉아 월수月水를 받아 마시고 해탈에 이른 과거와 미래의 구도자들을 상상해도 좋으리라고.

14

잔, 속의
꽃과 술과 차와
……

잔을 들고 꽃나무 아래로

봄에, 나는 늘 쩔쩔맨다. 봄꽃이 피고 지는 모든 절정의 순간들에 가슴이 뛰고 온몸이 간지럼을 타듯 해사해져서 어쩔 줄 몰라 한다. '환장하겠다'라는 말은 봄꽃 속에서 무르익어 터진다. 봄에, 활짝 핀 꽃나무만 보아도 가슴이 둥당거리고 먼 데 꽃나무까지 기어이 찾아들어 꽃그늘 아래 앉으면 한나절이 무상하게 흔적도 없이 훌쩍 흘러간다. '무상無常'이 이처럼 물질적인 자각으로 현현하는 환장할 꽃나무들! 삶에 대한 열망과 무상을 동시에 열어젖혀 흔들어 보이며 봄이 오고 간다. 꽃나무 아래로 내가 오고 가고 여인들이 오고 가고 아이들이 오고 간다. 극단적인 두 일렁임을 맞부딪혀 천둥벼락 같은 꽃들을 피워 젖히며 봄의 구도求道가 깊어간다. 봄마다 꽃구경 가자고 졸라대는 늙고 병든 엄마의 가슴속이 달짝지근한 진물투성이임을 알겠다.

꽃나무 속으로 걸어 들어가는 낱낱의 인생들은 입 밖에 내지 않아도 이미 알고 있는지 모른다. 이번 봄이 자신의 생에 몇 번째쯤 남은 봄이라는 것을. 더러는 마지막 봄일 수도 있고 더러는 한 열 번쯤 남은 봄 중의 첫봄일 수도 있고 더러는 세 번째쯤 남은 봄일 수도 있으리라. 아주 넉넉할 수도 있지만 인간에게 넉넉한 시간이란 거의 언제나 안타까운 유한 속에 거처하므로 봄은 언제나 절박하다.

그리하여 봄에, 나는 눈알만 한 잔 하나를 들고 무시로 꽃나무 아래를 찾아가 앉곤 한다. 잔은 주머니 속에 넣기도 하고 가방 속에 넣어 다니기도 한다. 내장 속으로 후르르 꽃 잎이 져 내리듯 환장할 꽃나무 아래 들어, 눈알만 한 잔에 술을 채우거나 차를 채우거나 그도 아니면 빈 잔을 놓고 앉아 잔 속으로 떨어지는 꽃잎을 기다리기도 한다. 봄에 나는 그저 한량이다. 맘껏 게으르고 싶어진다. 작은 들꽃 무리와 꽃나무들 아래서 쩔쩔매면서 자연이 내게 보여주는 정교한 기적들과 신비와 왁자한 생명의 힘을 아! 감탄하며 일일이 받아 모시기에도 할 일이 너무 많다. 도대체 다른 일을 할 짬도 엄두도 나지 않는다. 이렇듯 온통 꽃잎에 홀린 내가 나무 아래서 홀짝홀짝 잔술을 비우는 동안 지상의 가장 신비로운 빛깔 중 하나인 연두의 마법이 완성되어간다.

봄꽃이 피고 지는 모든 과정은 과거 현재 미래의 총체를

극명하게 보여준다. 벙그는 망울을 보며 꽃소식에 마음 동동
거릴 때부터 하나둘 꽃들이 피어나기 시작하기까지의 꽃나
무는 미래의 힘으로 찬란하다. 그것은 약속의 시간이다. 꽃들
이 흐드러지게 만발할 때에는 꽃들 하나하나를 들여다봐 주
기에도 시간이 모자란다. 오로지 현재에 충실함으로써 현재
속에 판타지를 모시는 축제의 시간, 활짝 핀 꽃나무 아래에서
우리의 시간은 가장 현재적인 몽롱함으로 찬란해진다. 이 시
간엔 과거도 미래도 생각할 겨를이 없다. 그저 현재를 누릴
뿐이다. 그것이 짧기에 더욱 열렬하게. 꽃들이 대지로 돌아가
고 잎이 무성해지는 때가 오면 꽃나무는 다시금 과거의 힘으
로 찬란해진다. 꽃 진 자리에 무성해진 잎들이 솨아솨아 흔
들리기 시작할 때, 추억이랄지 기억의 밑자리랄지 하는, 과거
라는 시간이 우주를 건너오기 시작한다. 꽃 떨어져 사라져간
자리가 불탄 자리처럼 시큰거리며 또 한 번의 봄이 과거가 되
었음을 알려주는 그때, 과거라는 시간은 오묘하여서 그때에
야 비로소 내가 건너온 것이 무엇인지 진실로 알게 된다. 봄이
과거가 될 때 비로소 봄이 기적이었음을 알고 그 봄 속에 한
량없던 낮술의 기억을 감사히 묻는다. 그리하여 이제, 단 한
장의 꽃잎도 매달지 않고 초록의 진검 승부에 들어간 나무 밑
에서 나는 종종 백석의 시 <주막>을 떠올린다.

146

호박잎에 싸오는 붕어곰은 언제나 맛있었다

부엌에는 빨갛게 질들은 八모알상이 그 상 우엔 새파란 싸리를 그린 눈알만한 盞이 뵈였다

아들아이는 범이라고 장고기를 잘 잡는 앞니가 뻐드러진 나와 동갑이었다

울파주 밖에는 장꾼들을 따러와서 엄지의 젖을 빠는 망아지도 있었다

　여름도 아주 여름은 아닌 듯하고 그저 유월의 주막이라고 나는 생각하곤 한다. 꽃시절의 들뜸과 흡입력 강한 질펀함이 사라지고 난 후에 이제 막 눈에 들어오기 시작한 주막 풍경이라고. 풍경이라는 말은 얼마간의 객관적인 거리가 있어야 가능해지는 말이다. 봄 내내 미래 현재 과거의 숨 막히는 절정을 겪고 난 후 비로소 풍경이 보이기 시작할 때, 내 오감에 클로즈업되어 오는 것은 다름 아닌 잔이다. 그것은 아마 내가 봄 내내 눈알만 한 잔을 들고 꽃나무 아래를 들락거렸기 때문이기도 하겠지만, 백석이 보여주는 '새파란 싸리를 그린 눈알만 한 잔'은 내가 상상하는 모든 잔 중 단연 으뜸이다. 주

막에서 쓰는 잔이니 그저 소박할 막잔일 테지만, 새파란 싸리를 그린 이 눈알만 한 잔만큼 이제 막 과거가 된 봄을 추억하기에 안성맞춤인 것이 있을까. 그랬다. 봄 내내 나의 주막이었던 꽃나무들! 꽃나무 주막에서 잔술을 홀짝거리던 내게 딱 맞춤한 최고의 잔은 다른 수식이 필요 없는 '눈알만 한' 잔이었던 것이다.

눈알만 한 잔

잔은 그릇인가. 술잔, 찻잔 등의 잔은 무언가 담기 위해 만들어진 그릇의 일종이지만 그릇 이상이다. 잔들은 미학적 심연을 지녔다. 다른 많은 도구들처럼 그릇도 실용적 필요에 의해 생겨났을 것이다. 처음에 인류가 가진 그릇은 손바닥이나 우묵한 돌이나 커다란 나뭇잎이었을 것이다. 자연물로부터 그것을 닮은 그릇이 만들어지기까지 필요했던 세월의 어느 마디를 툭 꺾어 가로지르며 어느 날 실용성과 무관한 너무도 자그마한 잔을 빚기 시작했을 때, 그것은 일종의 탐미적 혁명의 시작이었을 것이다. 그것은 토기에 빗살무늬 문양을 새겨 넣는 행위와 유사한 맥락을 지니지만, 큰 용기에 문양을 넣는 행위보다 더욱 혁명적으로 탐미적인 듯하다. 큰 그릇에 담을 수도 있는 어떤 액체를 담기 위해 손 안에 쏙 들어오는 '눈알만 한' 작은 잔을 따로이 만들어내기 시작한 근원에는 우리가 흔히 '미'라고 인식하는 아름다움에 대한 무의식적 열망이 있었을 것이다.

조심하자. 내가 말한 것은 잔이다. 컵이 아니다. 이를테면 싸리를 그린, 눈알만 한 잔 말이다. 잔은 작다. 그것에 담을 수 있는 것은 차나 술 정도의 액체로 한정된다. 비어있는 잔이라면 한 숟갈의 공기 정도가 그가 담을 수 있는, 혹은 그가 담고자 하는 세계의 전부이다. 극단적으로 작은 그릇이 주는 절제의 미학은 그것을 제한하고 있는 용량만큼이나 탐미적인 구석이 있다. 무언가 담는 목적으로 만들어진 것이 그릇이라면, 그릇은 적당한 용량을 가져야 한다. 솥이나 냄비 같은 것은 말할 것도 없고 양푼이나 사발, 대접, 밥공기 등속의 일반적인 그릇에 비해서도 잔은 파격적으로 작다. 밥공기에 물을 담아 먹을 수도 있고 사발에 술을 담아 먹기도 하지만 잔에 국이나 밥을 담아 먹지는 않는다. 잔은 쉽게 호환되지 않는다. 잔은 필요와 실용성으로부터 일정하게 거리를 둔 장식적 욕구, 이를테면 생활에 대한 장식적 욕구로부터 왔을 것이다. 메마른 대지의 황량한 사막에서 마주친 원주민 여인의 까칠한 긴 목에 둘러진 치렁치렁한 원색의 목걸이, 그 까칠한 목선 위에 생존의 아름다운 결기처럼 대담하고 도도하던 장신구처럼, 아름다움에 대한 욕망 ─ 장식의 열망은 치열하고 눈물겨운 생의 뒤안길이면서 동시에 최전방이다. 잔이 놓인 자리와 목걸이가 놓인 자리가 매한가지다.

우리는 잔에 흔히 차나 술을 따른다. 차나 술은 인간의 생존에 절대적인 영향을 미치는 먹거리가 아니라는 점에서 실용성이나 필요와는 무관한 잔의 탐미적 속성에 부합한다. 잔에 담기는 것들은 미식美食이다. 생존을 위해 요구되지는 않지만 그것들은 인간 정신의 어떤 측면에 영향을 미친다. 그리하여 잔에 담기는 것들에는 '향유하다'라는 말이 맞춤해진다. 그리고 이때의 '향유'는 잔이 지닌 접촉의 기억으로 완성되는 듯하다. 그릇들은 대부분 먹는 일에 관계되지만 먹은 행위에 직접 관계되는 접시나 밥공기에 직접 입술을 대는 경우는 흔치 않다. 국그릇도 그릇째 입술과 접촉하기보다는 숟가락을 쓰는 일이 보편적이다. 술이나 차를 마실 때, 찻주전자나 술 주전자가 우리의 입술과는 접촉하지 않는다. 잔은 우리의 입술에 접촉하며 향유의 감각을 극대화한다.

향기라는 말과 냄새라는 말은 우리의 코나 입과의 거리로 무의식적으로 구분되는 것인지도 모른다. 꽃향기를 맡을 때 우리는 무의식적으로 코를 바싹 들이댄다. 입술에 와 닿은 술잔이나 찻잔도 우리의 감각기관에 가장 가까운 거리에서 냄새를 진상한다. 우리는 코끝이 닿을락 말락 한 상태로 잔에 담긴 차향이나 술 향기를 맡는다. 국 냄새라든지 밥 냄새 등의 음식의 냄새는 그것이 좋은 냄새일 때에도 잔이나 꽃을 대하듯 바싹 코를 들이밀게 되지는 않는다. 음, 냄새 좋다. 식탁에 앉을 때 좋은 냄새임을 말하지만 좋은 향기라고 말하지 않는 것은 접촉의 거리감에서 연유하는 것은 아닐지. 잔은 입술에 직접 접촉함으로써 코끝에 가장 가까워진 거리, 향기의 진원을 품는다.

그리하여 이제, 따뜻한 차나 술이 담긴 잔을 손 안에 감싸 쥔 은근한 촉각과 입술에 닿는 감각적 촉각과 미각과 후각을 한꺼번에 지닌 잔은 오모록하고 자그마한 모양새의 시각적 즐거움까지 발산하며 스스로 탐한 아름다움을 완성해간다. 눈알만 한, 이라는 말은 얼마나 근사한가. 눈알만 한, 이라는 수식어는 오종종하고 작은 규모만으로 제한되지 않는다. 아주 작은 찻잔이라 하더라도 우리가 눈이라고 말할 때 흔히 떠오르는 눈만큼 작지는 않다. 눈알만 한, 이라고 잔을 말할 때 그것은 안 보이는 전체, 이를테면 안구 전체의 크기다. 눈은 보이는 면보다 안 보이는 면이 더 크다. 눈을 감고 자기 얼굴의 뼈들을 만져보라. 눈두덩과 눈 밑까지 둥글고 깊은 뼈로 지어진 눈구멍 – 자기 얼굴 속으로 둥글게 열린 동굴이다 – 을 감싸는 순간의 해부학적인 미감이 투영되어야 '눈알만 한 잔'은 완성된다. 감은 눈의 뒤편에 있는 눈이 전체로 보이기 시작한다. 보이는 면보다 안 보이는 면을 더 많이 가지고 있는 눈알 전체의 크기, 그것은 평균적인 잔의 크기와 거의 유사하다. 그것은 손안에 담기는 하나의 완성된 세계. 홀로 조용히 차를 마시거나 잔술을 마실 때가 명상의 시간과 통하는 소로小路를 가졌다면 그것은 심연을 들여다보기 위한 안 보이는 눈, 내 손안에서 나를 바라보고 있는 내 눈알 때문일 것이다.

자기의 잔을 가지자

술은 봄 술이 제격이다. 내게는 그렇다. 벚꽃이나 사과꽃 만발한 나무 아래서 달밤에 마시는 술도 일품이고 좋은 한낮에 꽃나무 아래서 마시는 낮술도 봄이라야 제격이다. 봄비 내리는 날도 마다할 수 없겠다. 술의 종류를 떠나 꽃나무 아래서 마시는 술은 잔술이 제격이다. 캔맥주를 하나 사서도 캔째 마시는 것보다는 잔에 따라 홀짝거리는 게 좋다. 적어도 봄에는 말이다. 자그마한 잔에 따라 마시는 한없이 느린 시간의 아찔한 허공을 만끽한다. 좀 더 나이가 들면 내 사는 곳의 안 팎에 시차를 두고 만발하는 꽃나무들을 가꾸자고, 그 나무들 아래로 좋은 벗들을 불러 술도 차도 마시자고 생각할 때가 있다. 차를 마시는 일은 술을 마시는 일보다 손이 많이 가는 일이므로 내 집 오 리 안에 내가 심고 기른 나무가 아직 없는 나로서는, 게다가 길 위에서 보내는 시간이 더 많은 지금으로서는 꽃나무 아래 느긋하게 다구茶具를 늘어놓고 차를 마실 날이 아직은 멀지만 이 생의 늦은 오후쯤에는 가능해질 것이라고 내심 낙관한다. 자급자족할 만큼만 섬섬하게 흙을 갈고 대지가 주는 것을 족하게 받으며 나무를 심고 돌보는 적당히 게으른 농부로 돌아갈 날을 꿈꾸고 있으므로.

다도나 주도에 엄격한 이들은 차와 술을 마시는 법도를 중히 여긴다. 어떤 이들은 차의 종류에 따라 저마다 다른 찻주전자를 쓰기도 하고 술도 그렇다. 그것에는 일정한 이치가 있는 것이어서 존중할 만한 법도이긴 하지만, 나는 잔 하나에 차를 마시기도 하고 술을 마시기도 한다. 잔을 쓰는 일에 있어서 나는 무도한 자유방임형에 가깝다. 편하게, 그저 감각을 활짝 열어놓고 마신다. 다만 마음에 꼭 드는 잔이면 족하다. 자기 마음에 꼭 드는 작은 잔 하나씩을 가지자. 자기의 잔을 지니고 꽃나무 아래로 가자. 꽃나무 아래 잔과 독대하며 감각의 기원을 물어보자. 술이나 차를 채우거나 꽃잎을 받으면서 오종종한 작은 잔 하나가 구현해가는 탐미의 방식을 들여다보자. 산다는 것이, 환장할, 봄에, 그 정도는 탐하며 살아도 좋지 않겠는가.

15

쓰레기통,
부정된 것들을
긍정하는 자의 힘

열렬한 생의 에너지를 품은

쓰레기통에 대한 사전의 정의는 명쾌해 보인다. '쓰레기통 : 쓰레기를 모아두는 통.' 그렇다면 이 통 안에 모아지는 쓰레기는 어떤가. '쓰레기 : 비로 쓸어내는 먼지나 티끌 또는 그 밖의 못 쓰게 되어버린 잡된 물건을 통틀어 일컬음.' 쓰레기통의 간결 명료한 정의에 비해 그 안에 모아지는 쓰레기에 대한 정의는 두루뭉술한 편이다. '못 쓰게 되어버린'이라는 말이나 '잡된'이라는 수식어 모두 얼마간의 혹은 전면적인 주관에 기댈수밖에 없다. 누군가에게 '못 쓰는 잡된 물건'이라고 생각되는 것이 또 다른 누군가에게는 전혀 다른 양상을 띤 '의미 있는 물건'이 되기도 하므로. 그 자신이 품고 있는 것의 모호함과 경계 없음으로 인하여 쓰레기통은 비밀을 지닌 존재가 된다.

집 안 한구석에 놓여있는 쓰레기통에 무언가 집어넣으려는 순간, 누군가 내 팔목을 잡는 것처럼 멈칫할 때가 있다. 산책길 굽어지는 곳이나 휴일 공원의 의자에 앉았다가 건너편에 놓인 쓰레기통과 우연히 마주하게 되는 어느 날, 어스름 내릴 때까지 퍽 오래도록 그것을 바라보게 될 때도 있다. 몇 번인가 인기척이 나기도 하고 몇 차례 그의 몸속으로 무언가 던져지는 동안, 그는 요지부동이다. 제 몸속으로 던져진 것들에 대해 싫다 좋다 도무지 내색이 없지만, 그의 내부에서 무언가 허물을 벗고 들썩이고 깍지 끼거나 포개지며 질탕해져 간다는 것을 느낄 수 있다. 간간이 비밀이 새어나오기도 한다. 나는 재빨리, 신중하게 귀를 기울인다…….

……이것은 비밀들의 회합장이다. 고해성사실이다. 이것은 광장이다. 일상의 진실에 목말라하는 깊은 동굴이다. 이것은 문이다. 스스로를 성찰하는 자가 낮게 엎드려 귀 기울이는 명상의 입구다. 이것은 일기다. 자질구레한 일상의 매 순간에 내재한 율동의 의미를 들여다보는 거울이다. 우물이다. 이것은 겹쳐진 동심원을 가졌다. 이것은 버려진 것들의 감옥이며 반란이 잉태되는 블랙홀이다. 깊은 구멍이다. 이것 속에서 나와 당신, 나비와 철새와 폭풍, 소 떼와 물잠자리와 낱낱의 나무들은 단절되거나 소통한다. 이것 속에서 푸르른 초원이 태어나거나 고립한 황무지가 태어난다. 이것은 이미 죽은, 그러나 바로 직전까지 살아있던 것들이 남긴 녹취록이다. 모든 목숨붙이들의, 지상과 지하에서 열렬히 숨 쉬던 것들의 유서 모

음이다. 이것은 찬미와 범죄의 기록이다. 이것은 송가이며 참회록이다…….

쓰레기통으로부터 건져 올려진 비유의 말들은 도무지 바닥날 줄 모른다. 왜 그런가. 억눌려있던 것들은 넘치려 한다. 고정되어 있는 것들은 움직이려 한다. 더욱이 그것이 자신의 의사와 무관한 외부의 시선으로 인해 변방의 것으로 규정지어진 것일수록 그 말들은 열렬해진다. 열렬하게 침묵하거나 열렬하게 토로한다. 열렬함은 놀라운 생의 에너지다. 쓰레기통은 자기 속으로 던져지는 것들을 열렬하게 받아안음으로써 자기 생의 변방을 넘어선다. 그는 자기 몸, 자기의 생生 속으로 들어오는 것들을 적극적으로 옹호한다. 짐짓 아닌 척하는 포즈를 잡지 않는다. 있는 그대로 모두 까발려진 비속함과 남루함을 있는 그대로의 모습으로 다 껴안는다. 스스로를 구하는 것은 궁극적으로 스스로일 뿐이라는 것을 그는 온몸으로 보여준다. 쓰레기통이 발산하는 이 열렬한 토로가 나를 즐겁게 한다. 나를 긴장시킨다. 문득문득 나를 반성하게 한다.

쓰레기통은 낙관주의자다. 그는 자기 운명의 태생적인 모순 앞에서 의연하다. 버려지는 것을 그냥 '버리는' 것이 아니라 버려지는 것을 '담는' 통이라는 이율배반을 지니고 태어난, 있는 그대로의 자신을 사랑하고 존중한다. 쓰레기통에는 부정된 것들을 긍정하는 자의 힘이 있다. 버려지는 것들을 보듬어 안는 것을 자기의 운명으로 당당히 수용한 자가 보여주는 적극적인 긍정의 세계. 그 힘은 명예나 부, 권력, 폭력, 공명심 등과 거리가 멀지만 그것들보다 힘이 세다. 더 근원적이다. 부정된 것을 긍정하는 쓰레기통 앞에 헌신이랄지 희생이랄지 하는 낡은 수사를 바칠 필요는 없다. 쓰레기통은 자기의 생 앞에 열렬하지만 호들갑을 좋아하지 않는다. 그는 냉철한 현실주의자이며 진지한 쾌락주의자다. 스스로 행복해지는 길을 알고 있기 때문이다. 그는 가장 긍정적인 의미에서의 자기애를 실천할 줄 안다.

도대체 쓰레기란 뭐지?

어느 날 문득 쓰레기통이 내게 묻는다. 그런데 말이지, 네가 이처럼 간단하게 부정해버리는 쓰레기란 대체 뭐지? 그의 질문은 고승이 젊은 학승에게 묻듯 준엄하지도 않고 교사가 학생에게 흔히 그렇듯 규정된 답을 요구하지도 않는다. 다만 그는 자신이 기꺼이 받아안은 것들의 다른 편 얼굴을 슬쩍 보여줄 뿐이다. 찢어진 것들 속의 꽃송이를, 구겨지고 짓밟혀 버려진 것들 속의 푸르른 나뭇결을, 진물 흥건한 손바닥의 다른 편 금빛 손금들을. 그는 심상하게 묻는데 나는 쩔쩔맨다. 손목을 잡힌 듯 쓰레기통 앞에서 머뭇거린다. 그가 내 일상의 속속까지 알고 있는 존재이므로 나는 쉽게 변명을 둘러댈 수도 짐짓 미소를 흘리며 딴청을 부릴 수도 없다. 그 앞에서 허위와 허식은 통하지 않는다.

쓰레기통 속에는 내 일상이 고스란히 들어가 있다. 일주일에 한 번 내가 묶어 버리는 쓰레기봉투 속에는 일주일치의 내 생활이 낱낱이 기록된다. 속일 수 없다. 함부로 구겨버린 아직 쓸 만한 종이들과 북북 찢어 벗겨낸 포장지들, 각종 비닐들로부터 머리카락·손톱·발톱·귀를 후빈 면봉이나 화장 솜·화장실 휴지까지, 내가 즐겨 쇼핑하는 것들의 품목으로부터 알뜰하지 못하게 숭숭 잘라낸 먹거리들의 껍질이나 제대로 분리하기 귀찮아 함부로 엉겨있는 온갖 것들이 쓰레기통 속에는 다 들어있다. 그러니까 이를테면, 내가 먹고 배설하고 기록하는 모든 것들, 내 입맛, 사소한 습관, 내 부주의함까지 쓰레기통은 낱낱이 알고 있는 것이다. 그러니 어찌 두렵지 않겠는가. 일주일 동안 집 안의 쓰레기통에 담겨있던 것들을 쓰레기봉투 속에 쏟아넣어 집 밖에 내놓을 때 나는 늘 조금쯤 불편하다. 존재의 후미진 곳을 들킨 듯한 느낌이 든다.

대체 그게 뭐냐, 그가 내게 물어올 때, 내 손에 들려있는 것들은 각종 비닐류거나 플라스틱, 코팅 처리된 종이류일 때가 많다. 소각이나 매립을 해도 오염 문제로부터 자유롭지 못하고 재활용되기에도 곤란한 것들이기 십상이다. 나는 그에게 현답을 들려주지 못하고 전전긍긍하기 일쑤다. 그러다 가끔 투정도 한다. 어쨌거나 내가 일주일에 한 번씩 쇼핑해 오는 것들은 내 생활에 필요한 최소한의 것들이다. 그것들의 알맹이를 취하기 위해 겹겹의 포장을 벗겨내야 한다는 것, 그래서 생기는 이 골치 아픈 쓰레기들은 산업사회의 구조적 문제이지 내 잘못이 아니지 않은가. 생활에 필수적인 것도 아니면서 과도하게 생산·소비되는 각종 포장재들은 생산과정 자체에서 차단되어야 하는 거라고 구시렁거린다. 맞다, 네 말도 맞다. 쓰레기통은 내 항변을 묵묵히 다 듣는다. 그러면서도 그가 내게 모종의 각성을 요구하고 있다는 것을 나는 동시에 느낀다.

아무튼 내 일상의 배후를 속속들이 알고 있는 쓰레기통과 불화하는 것은 아무래도 현명하지 못하다. 나는 투정하기를 일단 멈춘다. 쓰레기 문제에 있어 사회적인 시스템 자체의 변화가 필요하다는 것은 두말할 나위가 없지만, 그것만으로 독대한 쓰레기통의 눈빛을 맞받아낼 수는 없다. 쓰레기통과의 신경전에서 거의 언제나 내가 도달하는 결론은 내 생활에서 발생하는 쓰레기를 최대한 줄여보자는 것이다. 버릴 수밖에 없는 것, 세상에서의 쓰임을 알뜰하게 다한 것들만 쓰레기통 속으로 돌려보내자는 것. 적어도 쓰레기통 속에 무언가 집어넣는 순간 내 손에 들려있는 것이 무엇인지 정확히 인식하자는 것이다. 옳다, 그것도 옳다. 쓰레기통은 내 다짐을 기꺼이 접수하지만, 나는 번번이 실패한다. 재활용 가능한 포장재를 사용한 물건들을 우선 고르고 야채나 과일을 살 때 비닐 팩을 벗겨달라고 주문하기도 하고 장바구니를 들고 다녀보기도 하지만 공연히 유난을 떠는 것 같아 지치곤 한다. 덕분에 무심히 버리던 라면 봉지나 라면 수프 껍데기, 과자 봉지, 아이스크림 껍데기 등속에도 재활용 표시가 찍혀있다는 것을 알게 되었지만 그것들이 제대로 수거되고 재활용되는지에 대해서는 확신할 길이 없다. 고원에서 만난 유목민 가족의 떠난 자리처럼 가능한 쓰레기를 만들지 않고 살고 싶지만, 어느 순간엔가 의식 없이 무언가 쓰레기통 속으로 던져 넣는다. 그런 순간들에 또 한 소리 듣는다. 대체 쓰레기란 너의 어디에서 오느냐.

음식물 쓰레기라니!

음식물 쓰레기라는 말은 이제 일상어가 되었다. '음식물 쓰레기 처리 방법' 등으로부터 '음식물 쓰레기로 연간 몇 십조 원이 낭비된다'는 방송이나 신문 기사를 보는 일도 낯설지 않다. 이 말, '음식물 쓰레기'라는 말을 처음 들은 것이 언제였는지 정확히 기억나지는 않지만 나는 그때 퍽이나 흥분했던 것 같다. 맙소사! 음식물과 쓰레기의 합성어라니! 이 신조어의 출현이 처음엔 그 생소함 때문에 더욱 거북했을지도 모르겠다. 그러나 누구에게나 익숙한 말이 된 뒤에도 이 말은 여전히, 아니, 들으면 들을수록 점점 더 참담해지고 쓸쓸해진다. 대량으로 생산하고 대량으로 소비하는 것이 경제활동의 중요한 미덕이 된 지 오래되었으니 대량 폐기가 새삼스러울 것도 없지만, 음식에까지 이 극도로 부박한 물질주의적 사유방식이 적용되는 것에 현기증을 느낀다.

음식물과 쓰레기라는 말을 이토록 과감하게 합성시킬 수 있는 의식/무의식은 우리 존재의 황폐함을 고스란히 반영하고 있는 것은 아닌지. 예전에 우리에게 농사는 '짓는' 것이었고 '기르는' 것이었다. 지금 우리는 다만 '생산'에 급급하다. 오늘 내가 먹는 것이 어디에서 누구의 수고로운 손을 거쳐온 것인지 직접적으로 느낄 수 없는 상황에서 쌀 한 봉지나 호박 한 덩이 사과 한 알이 공장에서 생산한 인스턴트식품 한 봉지와 다를 바 없이 느껴지는 것도 어쩌면 당연하겠다. 숨결을 느낄 수 없을 때 버리는 일도 간단해진다. 기르고 짓는 마음을 느낄 수 없을 때 음식에 대한 모독은 이미 시작된다. 음식에 대한 모독은 생명에 대한 모독과 직결된다.

"나의 공덕을 생각하면 이 공양 받기가 부끄럽습니다. 오

162

로지 탐진치를 끊고 수행을 위한 약으로 먹나니, 이 음식을 먹고 마땅히 도업을 이루게 해주십시오." 절집 공양간에서 종종 보게 되는 기도문이다. 음식을 통해 삼라만상의 공덕을 헤아리고 공경하며 자신의 마음자리를 바로잡고자 하는 이 기도문을 나도 냉장고 문 앞에 붙여둔다. "생명의 밥을 주신 주님, 세상의 모든 생명이 밥을 먹고 살다가 자신을 밥으로 내어놓듯, 세상 살아갈 때 우리도 이웃의 밥이 되어 살게 해주세요." 기독교계의 일각에서 펼쳐지는 생명 밥상을 위한 기도문의 골자도 냉장고 문 앞에 붙여둔다. 냉장고를 여닫을 때 내 눈길은 무연히 그 기도문들에게 가 닿는다. 아름다운 기도의 전염력은 빠르다. 언제부터인가 냉장고 안에 있는 것들을 홀대하지 않게 되었다. 냉장고를 너무 가득 채우지 않게 되었다. 냉장고 구석 어디에선가 시들 대로 시들어버린 감자나 말라 비틀어져 썩은 오이 등을 발견하지 않게 되었다. 다행이다.

살림살이가 대개 그래야 하겠지만 나는 특히나 음식을 대하는 마음만큼은 각별하게 종교적이어야 한다고 생각하는 편이다. 음식을 먹는다는 것은 내 생명의 유지를 위해 다른 생명을 취한다는 것이다. 매일의 밥상에서 우리는 우리의 생명을 위해 희생된 다른 생명들의 몸을 만나며 살고 있는 것이다. 이것은 이 별에 존재하는 모든 생명체의 운명이다. 삶 쪽에 있고자 하는 한 누구도 거역할 수 없다. 나의 하루는 하루

분의 내 생명을 위해 공양된 뭇 생명을 통해서만 살아진다. 내 몸 역시 언젠가 그렇게 공양될 것이므로 이것은 평등하다. 비단 종교적인 무엇을 통해서가 아니어도 내 할머니, 할아버지, 어머니와 아버지는 생명이 생명에게 공양되는 지극히 귀한 길을 알고 계셨다. 한 알의 밥도 남김없이 먹고 자기 그릇에 물을 부어 깨끗이 부셔 마시던 어른들. 파종할 때 한 구멍에 콩 세 알씩을 심던 할아버지. 사과를 깎기 전 칼등으로 톡톡 치는 것을 "이제 칼 들어갑니다, 준비하세요."라고 사과한테 미리 말해주는 거라고 조근조근 일러주던 할머니. 그 옆에서 잔뜩 진지해진 얼굴로 흰 속살을 드러내는 사과를 들여다보던 어린 얼굴은 어디로 갔을까.

너무도 난폭하게 회의 없이 던져지곤 하는 음식물 쓰레기라는 말 앞에서, 넘쳐나는 식탁의 풍요와 쓰레기통 사이에서, 버려지는 음식물이 몇 십조 원의 돈 낭비라는 돈의 수치로 환산되어야 아, 그렇구나, 자각하는 세태 속에서, 지구의 한쪽에서 쓰레기로 버려지는 음식물이 천문학적인 수치에 육박할 때 한 끼니의 밥조차 얻지 못해 죽어가는 사람들이 그보다 더 많이 존재한다는 사실 앞에서 도대체 우리가 구해야 할 용서가 어디까지일지 두려워진다. 지금 우리는 대체 어디로 가고 있는 걸까. 도대체 쓰레기란 뭐지? 자기 몸속에 받아안은 것들을 연민하며 누군가 중얼거린다.

16

화장대,
아름다운
꿈

황금 마스크의 슬픔

　내가 아는 거의 모든 여자들의 집에는 화장대가 있다. 단
칸방 구석에 조촐한 얼굴로 앉은 앙증맞은 화장대부터 제법
격식을 갖춘 안방에 우아하게 자리 잡은 화장대에 이르기까
지 가지각색의 화장대들이 여자들과 함께 산다. 물론 그녀들
의 집엔 숟가락도 있고 책상도 텔레비전도 있지만, 화장대는
각각의 사물이 지닌 고유성의 측면과는 조금 다른 방식으로
여느 사물과 구별된다. 얼마간의 예외는 있지만 대체로 사물
들은 중성적이다. 가구들의 세계도 그렇다. 그런데 화장대는
가구들의 계보 속에서 확실히 좀 튀는, 일종의 강렬한 성 정
체성을 지닌 사물이다. 행인지 불행인지 적어도 아직까지는
그렇다. 주인을 모르는 방에 화장대가 놓여있다면 그 방의 주
인이 남자라고 생각할 사람은 많지 않다. 마찬가지로 여자 혼
자 사는 집에서 화장대를 보는 일은 그 집 창문에 달려있는

커튼을 보는 것만큼이나 자연스럽지만 남자 혼자 사는 집에서 화장대를 보게 된다면 십중팔구 우리의 상상력은 뭔가 다른 낌새를 채고 싶어 할 것이다.

내가 처음 화장대를 가져본 것은 이십 대 중반에 막 접어든 때였다. 소소한 화장품이 한두 가지씩 생겨나면서 방 귀퉁이에 몇 장의 붉은 벽돌을 받침 삼아 쌓은 후 베니어판과 레이스 달린 탁상보를 덮어 만들었던 작은 화장대가 생각난다. 그 위에 꽃모종처럼 수줍은 분통과 스킨, 로션, 립글로스, 빗, 머리핀들이 오종종 놓여있었을 것이다. 화장대 위에 놓여지는 것들은 그것을 바라보는 이의 시선을 아련하게 순화시키는 경향이 있다. 젊거나 늙은 엄마의 화장대를 바라보는 이들의 시선이 얼마간의 다사로움과 물기를 머금기 십상인 것처럼. 화장대 위의 사물들은 현실성과 비현실성 사이를 아슬아슬하게 오간다. 솔직하면서도 뻔뻔하다. 내숭 떨면서도 열렬하다. 냉정하면서도 얼마간 과장되어 있으며 현실을 보여주면서 동시에 몽상을 작동시킨다. 그것들은 고착된 경계에 익숙하지 않다. 그것들과 그것들을 받쳐 안은 화장대는 현실의 경계를 지워버리거나 넘어서고 싶은 열망으로 꿈틀거린다. 그 열망의 심연에, 미추美醜와 생사生死의 경계를 넘어서고 싶은 우리의 기나긴 무의식의 여정이 꼬리를 입에 문 뱀처럼 잠들어 있는지도 모른다.

화장대를 가진 것은 이십 대였지만 화장에 처음으로 관심을 가진 것은 고등학생 시절이었다. 어느 화보에서 총천연색으로 인쇄된 투탕카멘 왕의 황금 마스크를 보았을 때였다. 뜻밖에도 나는 그 마스크에서 충격적이라고 할 만한 어떤 미감, 다소 비극적인 육체성을 느꼈던 것 같다. 마스크 저편에 가리어진 죽은 자의 얼굴에 대한 궁금증 같은 것이었을까. 열여덟에 죽은 젊은 왕의 얼굴은 아름다운 황금 마스크 저편에서 기이한 육체의 냄새를 풍기고 있었던 듯하다. 보이지 않았으므로 그 얼굴에 대한 상상은 더욱 매혹적인 것이었다. 그러고 보니 그 시절 책상 서랍 한쪽에 넣어놓고 가끔 꺼내 보던 몇 장의 사진들 역시 대부분 인물들이었다. 책 속에서 오려낸 루이제 린저와 전혜린, 시몬느 베이유, 카프카, 카잔차키스의 사진들. 그들은 십 대를 건너는 내 몽상과 동경의 그림자들이었다. 그리고 투탕카멘의 마스크가 그것들에 더해졌다.

　　파라오의 저주니 피라미드의 진실이니 하는 등의 미스터리에 예민한 사춘기의 영향도 있었을 테지만, 무엇보다 그 황금 마스크는 아름다웠고 특히나 나를 매혹시킨 것은 눈이었다. 굵고 선명한 검푸른 선으로 그려진 그 눈은 강렬하면서도 이상하게 슬픈 눈이었고, 뜨고 있지만 밖을 보는 것이 아닌 눈이었다. 그 눈은 황금 얼굴 안쪽의 자신의 진짜 얼굴을 향해있으며 실은 진짜 얼굴조차도 보고 있지 않은, 죽음을 통해 이미 소멸한 자기 얼굴의 내부를 헤엄치고 있는 듯한 눈이었다. 특이한 형태로 휘면서 길게 그려진 눈썹과 눈꺼풀의 곡선, 나는 기이하게 화장된 그 눈에서 두 마리의 신비한 물고기를 연상했을지도 모른다. 혹은 길게 꼬리를 그으며 떨어지는 유성을 상상했을 수도 있다. 하여간 그 얼굴은 강렬하고 독특한 눈 화장으로 인해 물고기가 헤엄치는 심해가 되거나 꼬리별이 흐르는 우주가 되곤 했다. 투탕카멘의 마스크뿐만 아니라 이집트 벽화의 인물들은 대부분 그런 느낌을 지닌다. 고대 이집트인들은 어찌하여 그토록 기이한 느낌을 주는 눈 화장을 하게 된 걸까. 그들이 눈 화장을 하는 방식은 두 눈의 강조라기보다는 실체의 왜곡에 가까운 듯하다. 그리고 그 왜곡은 기이한 비현실성을 낳는다. 그 비현실성은 그들이 또 다른 현실이라고 여겼던 죽음 너머에까지 아름다운 육체를 이끌고 가닿고자 한 열망 때문이었을까. 애초에 그들의 화장은 생사의 경계를 지워버리고 싶은 일종의 제의로부터 출발했을지도 모른다.

투탕카멘의 황금 마스크를 들여다보면서 나는 공들여 아침 화장을 하는 젊은 남자의 얼굴을 상상했을 것이다. 몽상하듯 가늘게 내리뜬 눈에 칠해지는 검은 미묵眉墨과 황금빛 피부와 향유 냄새……. 각양각색의 화장품 단지들이 올려진 아름다운 화장대 앞에 앉은 젊은 왕의 얼굴은 태양신의 종자로 태어난 태생 자체로 이미 영원을 얻은 죽은 자의 얼굴이며 동시에 가장 강력한 산 자의 얼굴이기도 했으리라. 고대 이집트인들은 삶과 죽음의 혼용 속에서 아름다움을 꿈꾼 듯하다. 아니, 삶이라기보다는 죽음 속에 생기를 불어넣기 위해 그토록 기이하고 몽환적인 화장을 한 듯하다. 여하한 젊은 파라오의 황금 마스크로 인해 촉발된 화장에 대한 내 관심은 예뻐 보이기 위한 치장이라기보다는 미궁처럼 십 대의 감성을 자극하던 삶과 죽음의 문제를 환기하는 쪽이었던 것 같다. 십 대를 지나면서 거의 누구나 죽음에 대한 막연하고도 낭만적인 페이소스pathos를 경험하듯이 말이다. 그리고 어느 바람 많이 불던 우울한 날 기어코 나는 언니의 눈썹연필을 가지고 화장대 앞에 앉아 꿈꾸는 물고기를 닮은 이집트인의 눈을 내 얼굴에 그려본 적이 있다.

할머니의 화장대

화인火印 같은 유년의 기억들이 있다. 맥락이 없기 일쑤이면서도 쉽게 지워지지 않는 그것들은 뇌리에 찍혀진 순간의 시간 속에 단단히 봉인되어버린 듯하지만 실은 기억의 주체와 함께 성장한다. 그리하여 기억들은 개성이 되기도 한다. 그것들은 세계를 해석하는 무의식적 코드가 되기도 하고 해석을 넘어선 행위를 촉발하는 동인이 되기도 한다. 기억은 질기다. 고등학교 시절 내가 황금 마스크에서 기이한 육체성과 죽음의 미감을 느꼈다면 그 느낌의 아득한 저편에 질긴 기억 하나가 삐걱거리며 자가발전하고 있었는지도 모른다.

일곱 살, 산 밑 마을인 당두마을에서였다. 모처럼 일찍 깨어난 어느 아침, 할머니는 조그만 경대를 열어놓고 머리 손질을 하고 계셨다. 대접의 물을 발라가며 참빗으로 길고 성긴 머리채를 빗어 내리고 쪽을 지어 은비녀를 꽂으셨다. 주기적으로 들이던 검은 염색이 조금밖에 남지 않은 백발에 비녀를 꽂을 때 두 손이 가늘게 떨렸을지도 모른다. 힘들어 한숨을 내쉬었을 수도 있다. 할머니의 아침 단장은 느릿느릿하게 시간을 거느렸다. 경대 서랍 속의 작고 납작한 흰 도자기 합을 열어 머릿기름을 조금 찍어 손바닥에 싹싹 문지른 후 가르맛길 양편으로 정성스레 바르셨다. 할머니의 화장대인 그 낡은 경대는 거울을 접어 닫으면 네모난 상자처럼 보였다. 작은 관곽 같은 그것에는 납작한 서랍이 달려있었는데 서랍 속에는 참빗과 가르마타개, 기름함, 빠진 머리카락을 모아 접어두는 기름 먹인 한지가 나란히 들어있었다.

작은 물동이를 인 할머니를 따라 아침 산책을 간 윗우물은 주로 먹을 물을 길어 오던 곳이었다. 우물은 깊어 아이들에게는 두레박질이 금지되어 있었다. 몇 번인가 조심스럽게 두레박질을 하던 할머니가 두레박 속에서 무언가 건져 올렸다. 그것은 손가락 정도 굵기의 투명한 줄 속에 까만 알들이 점점이 들어있는 말랑말랑한 젤리 같은 도롱뇽 알이었다. 꽤 여러 줄이 한데 얽혀 마치 검은 점이 박힌 투명한 뱀의 똬리처럼 보이기도 했다. 습윤한 아침 공기 속에서 적당한 햇빛을 받아 파르르르 떨리는 것처럼 보이던 투명한 도롱뇽 알. 나는 그 순간 할머니의 표정을 기억한다. 그 눈빛도. 다음 순간 할머니가 내게 저리 가있으라고 손짓을 했던가. 내게 찰나의 미소를 보여준 할머니는 투명한 몇 줄을 우물 속에 다시 넣어준 후 나머지 하나를 천천히 들어 올렸다. 나는 순간 진저리쳤고 투명한 알 주머니는 할머니의 입속으로 사라졌다. 할머니의 정갈하게 쪽진 가르마가 내 시야를 가르며 현기증처럼 핑글 떠올랐다.

화장대 앞에서 정성 들여 아침 단장을 하는 할머니와 도롱뇽 알을 삼키는 할머니, 맑은 물을 담고 출렁이던 검푸른 우물 바닥과 이끼 낀 우물가의 깊은 초록, 함부로 움켜쥐면 터져버릴 것 같은 투명한 도롱뇽 알 주머니에 어른거리던 까만 점들, 도롱뇽 알을 삼킨 후 양 손바닥으로 쪽진 머리를 단정하게 쓰다듬어 내리는 할머니의 주름진 손, 주름진 입가, 출렁이는 두레박……. 그것들은 동시적이면서도 아득한 시차를 지닌 듯한 기이한 시공간성을 띠며 내 마음에 깊은 화인을 찍었다. 나는 진저리쳤고 얼마 동안 할머니를 피했지만 누구에게도 내가 본 것들을 발설하지 않았다. 그것은 비밀이 되었고 비밀은 내 마음속에서 순식간에 무거워져 말로 발설할 수 있는 한계를 넘어버린 것이었다. 그것은 어떤 종류의 가치판단도 섣불리 들어설 수 없는 밀도로 정지한 풍경이 되었다.

　이상한 것은, 몸에 좋다는 온갖 것들을 먹어치우는 어른들을 끔찍하게 바라보곤 하던 내가 도롱뇽 알을 삼킨 할머니에 대해서는 유보적이었다는 것이었다. 나는 진저리치며 우물가의 할머니를 바라보았지만 그 풍경의 질감에 대해 무어라 단정을 내리지 못했다. 그 우물가는 미궁으로 내 마음에 갇힌 채 오래도록 어딘가를 향해 물음표를 던지고 있었다. 나는 왜 그 풍경 앞에서 그처럼 머뭇거린 걸까. 미궁이지만 확실한 것은, 조그만 경대 앞에서 공들여 아침 단장을 하던 충분히 늙은 할머니의 육체가 없었다면 그 풍경에 대해 그처럼 관대하지 못했을 거라는 것이다. 그토록 징글징글한 생에의 욕망이 죽음의 그림자를 공기처럼 거느린 이미 늙어버린 육체로부터 발현될 때, 더구나 경대 앞에 앉은 노구의 뒷모습과 겹쳐질 때, 마음의 풍경은 복잡해진다. 나이가 들면서 가끔 이 화인을 들여다볼 때마다 내가 느끼는 기묘한 슬픔과 그로테스크한 미감의 기원에는 할머니의 낡은 화장대가 유적처럼 앉아있다.

화장대 너머 그 자리

　화장대 앞에 앉은 사람을 보는 것은 언제나 조금쯤 특별한 미감을 자극한다. 육체에 수용되기 위해 기다리는 색채의 제단, 화장대는 제의를 연상시킨다. 화장의 기원엔 신들과 자연을 포함한 타인에 대한 경의와 연대와 매혹의 욕망이 있는 듯하다. 그리고 그 욕망의 근원엔 다양한 시대와 장소의 사람들이 자신들의 독특한 미의식 속에서 경배하고 즐기던 다채로운 미의식들이 얽혀있다. 부나 권력 등속이 아니라 아름다움을 꿈꾸게 한다는 점에서 화장대는 축복받아야 할 제단이다. 아름다움에의 욕망은 무해하다. 적어도 타인을 억압하지 않는다. 누구도 타인의 고통에 대해 다 안다고 말할 수 없는 것처럼 아름다움에의 욕망에 대해서도 마찬가지다. 미감은 지극히 개인적이며 복잡한 무의식의 통로를 지니는 세계다. 천 그루의 나무가 있으면 천 가지 이상의 미감이, 만 명의 사람이 있으면 만 가지의 이상의 미감이 존재한다. 만약 아름다움에의 욕망이 사회적 힘을 가질 수 있다면, 그것은 이 다채로운 개별성의 수용과 소통으로부터 발원하는 힘일 것이다.
　우리는 아름다움을 원한다. 오랫동안 정신의 감옥이었으며 이중적으로 배척되었던 육체는 이번 세기에 이르러 자유를 만끽하는 듯하다. 그런데 이 여정이 그다지 순조로워 보이지는 않는다. 외모 지상주의라는 말이 단적으로 보여주듯 외모는 배후의 권력이 되었다. 도처에서 시장과 결탁한 과장된 미의 이미지가 넘쳐난다. 미는 관리되고 마케팅된다. 개별자인 몸의 아름다움을 발견하고 예찬하며 즐기는 방식이 아니라 미의 준거로 제공된 보편적 이미지에 대한 맹신이 늘어난다. 대중매체는 미에 대한 우리 기호의 다양성을 훼손하며 다채롭게 발현되어야 할 미의식은 잘 디자인된 소수의 몸들에 억압당한다. 시장과 대중매체는 개인들의 미의식을 일괄적으로 평준화하는 경향이 짙고, 다양성을 상실한 수동적 미감은 타인에 대한 우리의 시선을 억압한다. 그리고 무엇보다 아름다움을 욕망하는 주체 스스로를 억압하는 경향이 있다.

화장대 앞에 앉은 사람들은 개개인이 모두 하나씩의 고유한 세계다. 화장대 앞에서 우리 모두가 가장 긍정적인 의미에서 자기만족적이었으면 좋겠다. 여성이나 남성이나 마찬가지다. 혹자는 남성들이 점점 여성화되어 간다고 걱정하기도 한다. 하지만 남성들은 아직도 더 많이, 적극적으로 여성스러워져야 할 필요가 있다.

지난 역사 속에서 과잉 축적되어온 남성성은 우리 모두를 얼마나 힘들게 해왔던가. 경쟁과 정복과 힘의 숭배로부터 벗어나 아름다움을 예찬하는 기도가 날마다 멀리까지 번져갔으면 좋겠다. 더 섬세하고 더 나지막하게, 경쟁이 아니라 연대를, 힘에 의한 배타적 지배가 아니라 공존과 포용과 아름다움을 꿈꾸는 세계가 날마다 넓어졌으면 좋겠다. 저마다의 화장대 앞에서 자유분방하게 아름다움을 사유하는 제의들이 날마다 넘쳤으면 좋겠다. 하나의 성 정체성으로 규정받아온 화장대가 양성구유兩性具有였으면 좋겠고 개별자로서의 고유한 정체성을 지닌 화장대들이 일상이라는 꽃밭에 날마다 가득했으면 좋겠다.

17

지도,
시간과 공간이
함께 잠드는 뜨락

땅이라는 몸을 그린

지도, 그러니까 '땅그림'이라는 말을 떠올릴 때 거의 언제
나 나는 우리의 옛지도들을 먼저 상상하게 된다. '대동여지도'
라든지 '혼일강리역대국지도'라든지 '여지도'라든지 하는 이
옛지도들의 진본을 나는 직접 본 적이 없다. 한 오 년쯤 전 서
점에서 우연히 옛지도를 다룬 책 한 권을 손에 잡았다가 그것
들에 단숨에 홀린 적이 있었다. 한 시간 남짓 선 채로 책에, 정
확히는 책 속에 소개된 지도 몇 장에 홀려있다가 기어이는 오
려내어 수첩 갈피에 끼워두었다. 어딘가 여행하다가 무심히
찾아드는 시간의 공백들, 대합실이나 역전 다방 같은 데서 가
끔 그 지도들을 꺼내 들여다보곤 한다. 지도 위로 채도가 좋
은 햇볕이 비스듬히 떨어지는 날이면 더 좋고 비가 오는 오후
나 안개 낀 소읍의 오전이어도 좋다. 옛지도들을 들여다볼 때
나의 시간은 현재성의 딱딱한 기표를 벗고 사뭇 즐거워진다.

때로 그 즐거움에는 '회억回憶'이라는 말이 어울릴 수도 있을 법한 기묘한 악센트들이 섞여 들기도 하지만, 회억의 질감을 헤아리는 것 또한 즐거운 무심에 속하는 일이 되곤 한다. 옛 지도들의 무엇이 그토록 단숨에 나를 홀린 것일까. 무엇보다 그것들이 아름다웠기 때문이다.

명나라의 '왕반지여지도'를 수정 보완하여 만들어졌다는 '한국본여지도'는 세계지도, 정확하게는 동아시아지도인데, 꿈꾸는 듯한 오방색의 자욱하고도 혼곤한 느낌이 마치 호접몽의 세계 속에 든 것 같은 아련함을 준다. 조선 전기의 세계지도인 '혼일강리역대국지도'에는 한반도가 중국 대륙의 반이나 차지하는 크기로 그려져있다. 비교적 자세하게 그려진 한반도와 중국에 비해 유럽과 아라비아와 아프리카는 한없이 왜곡되어 있어서 달리의 그림에 자주 출몰하는 녹아내리는 시계와 나무토막 등을 떠오르게 한다. 아프리카 대륙은 심지어 흐물흐물해진 고리처럼 표현되어 있고 대륙 안에 거대한 바다를 품고 있다. 아메리카는 빠져있고 오세아니아도 빠져있다. 이것은 얼마나 흐뭇한가. 자신이 거처하는 지금 이 땅이 아니라면 머나먼 다른 땅의 일을 알 수도, 알 필요도 없었던 시절이 있었다는 것은 역설적이게도 얼마나 평화롭고 안온한 느낌을 내게 주는 것이었는지. 지도의 필요가 다른 땅에 대한 침략과 정복의 역사에 바쳐진 면이 있음을 상기한다면 이 옛

지도의 심각하게 왜곡된 정보는 오히려 유머러스한 미감을 주는 것이었다. 옛지도에는 경도나 위도 등의 직선의 규칙이 없다. 지도, 하면 으레 떠오르게 마련인 직선의 금들이 사라진 자리에 꼼꼼하게 그려진 자욱한 푸른 물결들이 찰랑거린다.

'대동여지도'는 과학적인 정확성과 땅의 기운이 살아있는 걸작이긴 하지만 미학적인 운치는 좀 떨어지는 편이다. 내가 특히 좋아하는 지도는 지방도들인데, 18세기 후반에 그려진 서울지도인 '도성도'는 현대의 지도들이 이렇게 그려진다면 얼마나 근사할까 하는 생각이 들 만큼 개성이 강한 지도다. 도성 안 주요 지점의 거리를 사람의 걸음 수로 나타내고 있는 이 지도의 전체 모습은 인체의 안구 같은 느낌을 주는데, 수려한 산들에 둘러싸인 도성의 길들이 실핏줄처럼 피돌기를 하고 있는 듯하다. 땅이 유기체의 한 부분이라는 느낌, 지도라는 게 땅이라는 '몸'을 그린 그림이라는 느낌을 강하게 주는 아름다운 지도다. '기성전도' '진주성지도' 같은 지방도들이 모두 아름답지만 특히 나는 18세기에 제작된 '전주지도'를 들여다보는 것을 좋아한다. '전주지도'는 옛지도에 대한 그간의 내 홀대에 항변이라도 하듯 단번에 나를 단단히 홀려놓았다. 전주지도의 전주는 실제 전주이기도 하지만, 그저 지방 소읍의 대명사 정도로 여겨도 좋으리라. 나무 한 그루에 이르기까지 섬세하게 관찰하고 애정을 담아 그린 듯한 이 소읍의 지도는 눈으로만이 아니라 손으로, 온몸으로 땅을 만져보라고 일러 주었다.

휘돌아 흐르는 전주천과 주름 많고 풍성한 산들에 둘러 싸인 전주 읍내는 물오른 나무들이 만개해있다. 봄볕이 따스 하게 떨어지는 흙 담장의 느낌이 지도 전체에서 풍겨난다. 자 세히 들여다보면 나무들의 생김이 섬세해서 마치 읍내의 모 든 나무들의 수종과 위치를 일일이 파악하고 그린 것만 같다. 뿐만 아니라 그 나무들을 일상적으로 보살피고 있는 듯한 느 낌마저 든다. 지도에 코를 박고 들여다보며 나는 중얼거린다. 이건 활짝 핀 벚꽃나무, 이건 살구나무, 이건 조팝나무, 이건 버드나무, 느티나무……. 손가락으로 전주천이 흘러가는 곡 선을 짚어가다가 나는 또 중얼거린다. 사람의 마을이 이 정도 는 되어야지……. 인간이 깃들어 사는 마을의 땅그림이라는 것이 확연히 느껴지는, 길과 나무와 집들이 자연스럽게 어우 러진 이 지도를 들고 전주에 처음 들어간 이방인이 한나절 소 읍을 돌며 조금쯤 심심한 산책을 즐겨도 좋겠고 한잔 낮술을 걸치고 눙치듯 길을 잃어도 좋으리라.

나는 이 옛지도를 보고 난 후 현대의 지도들이 갖는 슬픔 을 깨달았다. 살아있는 산과 하천이 사라지고, 살아서 서로에 게 기대어있던 집이며 나무며 길들의 체온이 사라진 자리에 빼곡하게 들어찬 차가운 금들. '느낌'을 잃어버린 차가운 금들이 숨막히게 얽힌 도로망과 행정구역명들을 간신히 지탱하고 있는 창백하고 슬픈 낯빛의 지도들을 우리는 얼마나 손쉽게 구하고, 또한 손쉽게 잊거나 버리며 살고 있는지.

내가 바라보는 저 별에서……

고등학교 1학년 지구과학 시간이었다. 칠판 귀퉁이에 분필로 점을 하나 '꽝' 찍은 선생님이 말씀하셨다. "이게 지구다."

그 순간 내 전신을 훑고 가던 전율을 잊지 못한다. 암청빛 커다란 칠판 구석에 보일락 말락 하게 찍힌 작은 점 하나로 치환된 지구, 사춘기 시절 우주의 광대함에 대한 막연한 관념이 그토록 명징한 시각 효과로 내 앞에 드러났을 때 나는 하루 종일 멀미를 앓았다. 화성, 목성, 토성, 금성, 명왕성, 해왕성…… 익숙하게 알고 있는 태양계의 모든 별들을 점 찍어봐도 암청빛 칠판 한구석 동전만 한 크기의 동그라미 속에 다 들어가고도 충분했다. 맙소사. 칠판이라는 우주 위의 작디작은 점 하나로 나타난 지구와 그 속의 아시아와 다시 그 속의, 그 속의, 그 속의 나. 그날의 충격은 십여 년의 세월이 흐른 후 한 편의 시 속에 들어와 '점'이라는 제목으로 기어이는 흔적을 남겼다.

　나는 이 세계에 우연히 오는 것은 없다고 생각하는 쪽이다. 모든 우연은 필연이 몸을 감추는 방식이며 또한 몸을 드러내는 방식이다. 우리가 기억하지 못하는 까마득한 시간 여행을 통과해, 기나긴 인과의 여정을 거쳐 우리는 지구라는 이 별에 다다른 것이 아닐까. 내가 당신과 만나거나 혹은 스쳐갈 때, 하나의 사물이 다른 사물의 옆에 가지런히 놓이게 되거나 혹은 포개질 때, 그 모든 순간들 속에서 생의 지도가 들숨과 날숨을 쉬며 그 어딘가를 향해 조금씩 뿌리를 뻗고 있는 중인 것이다. 매일 매 순간 조금씩 변하면서 아주 오래전부터 그려져온 몸의 지도, 마음의 지도, 영혼의 지도, 계절의 지도, 인생의 지도, 우주의 지도……. 우주를 이루는 모든 질료들이 당신과 내 몸에서 그대로 발견되는, 어느 날 문득 발견한 내 몸의 점 하나가 별을 부르고 풀씨 하나가 지구를 떠받치며 당신의 몸이 우주가 되는 지극한 비밀을 갖지 못한다면 생은 얼마나 밋밋하고 팍팍하겠는가.

　열여섯의 그날, 내 앞에 펼쳐진 우주의 지도는 인간 중심의 세계, 지구 중심의 세계에서 벗어나 다른 시선도 가능하다는 것을 알게 한 최초의 충격이었는지도 모른다. 우주에 차고 넘치는 생명의 불가해한 신비 앞에 인간의, 내 존재를 내려놓고 겸허한 마음으로 들여다볼 수 있게 한 계기점의 하나였을

지도. 내가 바라보는 저 별에서 오늘밤 누군가 지구를 바라보
며 그리워하고 글썽이며 눈물짓고 있을지도 모른다.

'거기'를 꿈꾸고 '여기'를 돌아보게 하는

지도는 흔적이다. 흔적인 그것은 흔히 무엇엔가 기대어있
다. 책상 구석에 기대어있던 어느 지방의 지도는 그곳으로 여
행을 갔던 과거에 기대어있다. 수첩을 열어 지도를 펼쳐보게
될 때 우리가 보는 것은 찾고자 하는 지명이 기대어있는 과거
와 미래의 흔적이다. 우리는 과거의 여행지를 떠올리며 과거
의 흔적을 만난다. 흔적은 두렵다. 그것은 소리 높여 스스로
를 외치지 않으면서도 생의 모든 방위에 질기게 스며있는 것
이다. 어느 외딴 곳을 찾아가다가 잠시 들른 휴게소에서 커피
를 쏟거나 울음을 터트린 흔적들이 지도 위에 남아있다가 어
느 날 문득 떠오르기도 한다. 생은 비밀이면서 또한 숨길 수
없다. 어디에 무엇으로든 흔적이 남는다. 지도는 기억에 직결
된 가장 강력한 흔적의 창고다.
　지도가 흔히 여행의 반려가 되는 것은 이러한 흔적들의
연대를 통해서일 것이다. 서른이 되기까지 나는 한반도 곳곳
을 떠돌았고 서른을 넘어서면서 한반도 바깥을 떠돌기 시작

했다. 최소한의 여비가 마련되면 홀리듯 길을 나섰고 돌아올
땐 늘 빈털터리였다. 생은 그렇게 여행의 끝에서 언제나 다시
시작되었다. 여행을 하면서 나는 너무도 자연스럽게 어머니
지구, 어머니 땅, 어머니 우주, 어머니 바다라는 말을 입 밖에
내어 말할 수 있게 되었다. 여행은 땅과 공명하고 사람과 공명
하는 여정이다. '공명한다'라는 말은 내가 특별히 사랑하는
말 가운데 하나다. 공명한다는 것, 함께 운다는 것은 함께 즐
긴다는 것의 시작이며 함께 꿈꾼다는 것의 시작이다. 지상의
아름다운 것들 사이의 연민과 연대는 공명하는 육체와 혼으
로부터 출발하는 듯하다. 다양한 빛깔과 음량과 무늬로 서로
포개지고 껴안으면서 함께 우는 흔적들, 지도는 포개진 흔적
의 지층으로 누군가를 언제나 초대하고 싶어 한다. 여행이라
는 몸을 빌려 함께 울고 싶어 한다.

　현실의 한쪽은 거의 언제나 아수라장이다. 아수라장을
만들지 않으면 자신의 존재를 증명하지 못하는, 전쟁과 자본
의 폭력을 통해서만 자기 존재를 드러내는 한심한 권력자들
에게 배낭을 들려주고 싶어질 때가 있다. 당신이 갈 수 있는
가장 먼 곳까지 지도 한 장을 들고 다녀와보라고, 가난한 여
행을 보내고 싶어진다. 자기의 땅 바깥에, 자기 집 바깥에 무
수한 집들이 있음을, 그 집의 주인들이 누구나 자신처럼 자기
의 집을 사랑하고 지켜주고 싶은 소중한 것이 있다는 것을 그

들은 왜 모를까. 같은 맥락에서, 포탄이 떨어지는 거리에서도 새로운 사랑이 싹트고 총알이 꿰뚫고 간 테이블 위로 결혼식 축가가 울려 퍼질 수도 있는 이 질기디질긴 산 자들의 생명력을 그들이 어떻게 두려워하지 않을 수 있는지 의아해진다. 어떤 식으로든 관계를 맺고 위로하며 기어코는 상처를 치유하는 쪽으로 움직여간다는 이 기막힌 진실을 두 눈으로 보게 된다면, 살고자 하는 모든 목숨 가진 존재의 눈물겨운 유대와 연대의 끈질김을 온몸으로 느낄 수 있다면, 이 별의 도처에서 여전한 폭력의 전횡들이 얼마간 줄어들 수 있지 않을까 공상하기도 한다.

가장 최근의 여행길에서 만난 아름다운 벗들을 기억한다. 이십 대 초·중반인 그녀들 중 한 명은 외국인 노동자를 위한 쉼터에서 일하고 싶어 했고, 한 명은 버려진 강아지들을 데려다 기르는 단체를 운영하고 싶다고 했다. 그런데 그녀들이 최소한의 여비를 모아 달랑 배낭 하나 들고 여행을 떠나온 계기가 서로 비슷했다. 같은 교회에 나가는 외국인 노동자들의 한국어 공부를 도와주던 그녀가 외국인 노동자를 위한 쉼터에서 본격적으로 일을 하고자 하는 뜻을 비쳤을 때 뜻밖에 냉담한 반응을 경험했다고 했다. 도움이 필요한 한국 사람도 부지기수인데 왜 하필 외국인 노동자냐는 것이다. 그 논리는 예컨대, 우리 주위에도 가난한 사람은 많은데 왜 하필 북한 사람이냐, 왜 하필 아프리카까지 가느냐, 이름 한 번 들어본 적 없는 제3세계의 가난한 나라들이 한국과 무슨 상관이냐, 등등의 질문들과 연결될 것이다. 또 다른 그녀는 더 냉담한 반응을 경험했다고 했다. 사람도 아닌 개들을 위한 쉼터라니, 너무 '오버'하는 것 아니냐, 하는 식의 암묵적인 반응을 느끼면서 이제 갓 스물셋인 그녀도 적잖이 마음의 상처를 입은 듯했다. "당신도 내가 오버한다고 생각해요?"라고 내게도 묻고 싶은 듯했다. 자기가 잘 살고 있는 것인지 스스로에게 물어보기 위해 여행을 떠났다는 아름다운 벗들, 그녀들보다 조금 오래 살았다는 이유로 그녀들의 고민을 들어주는 입장이 되어야 했지만 속내를 털어놓는 그녀들이나 나나 우리는 이미 알고 있었을 것이다. 내 앞의 생으로 오는 것들은 언제나 절박한 호흡으로 온다. 자기 앞의 생에 '오버'란 없는 것이다. 개인적인 것이든 사회적인 것이든 내가 관심을 기울이게 되는 내 앞의 문제들은 아주 오래전부터 준비되어온 것이다. 내가 의식하고자 하지 않으면 그저 스쳐 지나갈 수도 있는 것이지만, 민감한 더듬이를 지니고 자기 앞의 생에 직면하고자 할 때 생은 얼마간 고달파지지만 또한 얼마나 더 찬란해지는가. 이틀을 동행한 다음 날 그녀들과 나는 서로 다른 지도를 들고 다른 곳으로 떠났다. 우리가 잠시 머물러 서로를 '만났던' 곳의 흔적을 먼 훗날 우연히 다시 펼쳐 든 지도에서 문득 느끼게 될 것이다.

더 빨리 어떤 목적지에 닿기 위한 길을 찾기 위해 지도를 펴 들게 된다면 서둘러 그 지도를 버려야 한다. 자기 앞의 생을 찾아가는 그 모든 과정들이 얼마나 애틋한지를 보여주는 징표로서의 지도는 '거기'를 꿈꾸게 할 뿐만 아니라 '여기'를 돌아보게 하는 아주 느린 흔적들의 집이기 때문이다.

18

수의,
어둠과 빛 사이의
찬란한 배내옷

나는 어떤 수의를 입을까

　오래전 어느 윤달, 어머니는 손수 당신의 수의壽衣를 지으셨다. 기력이 웬만하던 시절 틈틈이 짜놓은 삼베를 어느 날 장롱 속에서 홀연 햇살 아래로 불러내신 것이다. 손수 삼을 손질하고 베틀에 얹어 삼베를 짜던 어머니를 기억한다. 내가 아직 십 대를 넘어서기 전이었고 엄마가 쉰 고개를 한 허리 넘을 때까지였다. 베틀이라니! 박물관에나 가있어야 마땅할 베틀 앞에 앉은 엄마의 실루엣을 기억한다. 그때 나는 그 실루엣에서 아득한 슬픔 같은 것을 느꼈던 것 같다. 그래서 도리어 엄마에게 짜증을 부렸던 기억도 난다. 평생토록 누군가를 보살피고 길러온 한 여자의 허리가 휘는 노동의 역사에 드리운 고단함 같은 것, 어린 나는 그것이 싫었을 것이다. 그때 나는 슬픔을 느꼈지만 그 슬픔의 정체를 다 알지는 못한다. 엄마는 당신의 손으로 짠 고운 삼베로 조부와 조모의 저승길을 입히셨고 당신 내외의 옷을 준비하셨다.

베틀 앞의 마지막 실루엣 이후 엄마는 기력이 급격히 쇠잔해지셨고 내내 어딘가 끊임없이 아프셨다. 평생을 짐 지고 왔던 것들을 하나씩 내려놓고 싶어 하듯 고되게 앓고 좀 나은 듯 지내시다가 또 고되게 앓기를 여러 해, 어느 날부터인가 엄마는 병과도 놀아줄 만하다고 여유로워지기 시작했다. 그런 어름에 당신의 수의를 지으셨다는 말씀을 듣고 나와 식구들은 제각각의 상념에 빠졌을 터였다. 윤달 수의는 일부러도 짓는다고, 그래야 무병장수하고 자손들도 잘된다는 속설이 있지만, 수의란 그렇게 간단한 의복이 아니지 않은가. 고되게 아프실 때마다 정말 무슨 일이라도 생기면 어떤 옷을 입혀드리나…… 저마다 마음속으로 생각했을지라도 말이 씨가 될 것만 같아 입 밖에 내지 않던, 식구들 모두 일부러 피해가던 그 수의를 당신 손으로 지어놓고 정말이지 어린애처럼 행복해하시는 거였다. 마치 설빔이나 추석빔을 새로 장만한 아이처럼.

수의는 그렇다, 특별한 옷이다. 그것이 특별한 옷이라는 것을 나는 엄마를 통해 깨달았다. 또한, 수의를 명상하는 일이 특별한 즐거움을 준다는 것도. 수의는 뜨겁고 홧홧한 촉감을 지녔다. 그것은 평화로우면서도 들끓는다. 허무로 찬란한 동시에 삶에의 열망으로 가득하다. 느껴질 듯 말 듯한 중량으로 생에의 미련을 남긴 채 그것은 이미 자유롭다. 실용성과 장식성을 발전시키는 방향으로 옷이 자기 역사를 진행시켜 왔다면 특별한 옷인 수의는 실용성과 장식성을 최소화시킨 지점에서 가장 옷다워진다.

환경과 타인과의 관계망 속에서 존재하는 여타의 옷들과 달리 수의는 오로지 자기 자신과 독대한다. 손수 자신의 수의를 짓는 동안, 아내와 엄마와 며느리로 규정되었던 모든 관계망으로부터 엄마가 자유로웠을 거라는 느낌이 든다. 그저 한 사람의 자연인으로, 맨몸으로 세상에 와 아직 어떤 관계의 책임으로부터도 자유로웠던 시절의 추억이 수의에 깃들어있음을 느낀다. 무구한 알몸의 느낌, 수의는 옷이지만 출발 지점에 놓인 벗은 몸—알몸을 향해 굴광하는 옷이다.

나는 수의를 상상하는 것을 즐기는 편이다. 우울하거나 기운 없는 어느 날, 수의를 상상하는 얼마간의 시간만으로 몸이 다시금 활기를 띠게 되는 경험을 하곤 했다. 수의에 대한 상상은 흔히 아주 즉물적인 것으로부터 출발하곤 하는데, 이를테면 내가 입을 수의를 디자인해보거나 내 수의를 짓는 날의 날씨를 상상해보거나 하는 것이다. 흔히 회갑을 넘긴 윤년의 윤월, 윤년의 생일날이나 청명일에 수의를 준비한다고 하니, 내가 수의를 짓는 날은 아마도 코끝이 쩽한 화창한 겨울날이 될 것이다.

그날의 하늘빛이나 구름, 바람의 방향이나 햇살의 농도, 내가 사랑한 나무의 체온 등을 상상한다. 윤달은 왠지 덤덤 같은 느낌이 드는 기묘한 십삼 월이니, 그날의 날씨도 십삼 월 만큼이나 비현실감이 드는 아주 화창한 날이었으면 좋겠다. 삼베는 내겐 너무 깔깔한 느낌이 드니 수수한 무명쯤이 좋으리라. 너무 촘촘하지도 성기지도 않은 무명에 쪽이나 잇꽃, 황토 등으로 염색을 해도 좋을 것 같고, 바지보다는 치마가, 너무 긴 치마보다는 복숭아뼈쯤이 설풋 보이는 길이가 좋을 것 같다. 수의를 상상하게 되는 날의 기분에 따라 매번 다른 디자인과 빛깔의 수의를 짓게 되지만 무슨 상관인가. 나는 또 내 수의에 어떤 향을 넣어 보관할까도 상상한다. 향그러운 오동나무 함에 쑥향이 나면 좋을 것 같다. 마른 국화향이나 치자꽃향이나 잘 마른 밀짚냄새가 나도 좋겠다. 이런저런 상상을 하다가 또 문득 생각한다. 엄마의 수의에 향그러운 약쑥을 새로 갈아 넣어드려야겠다고.

수의를 짓는 상상을 하다 보면 뜻밖에도, 정말 잘 살고 싶은 생각이 든다. 그것은 수의가 불러일으키는 죽음의 이미지에 대한 반작용이 아니다. 수의에 내재한 미감은 마술처럼 지금 이 순간의 삶의 미감으로 삼투한다. 햇살 아래 수의를 거풍시키거나 매만진 다음 날, 다른 날보다 더 오래 공들여 장독을 닦거나 긴 산책을 하는 엄마를 보게 되는 것처럼, 아름다운 매듭을 위해 오늘 이 순간을 가장 충만하게 살라고 요구하는 어떤 목소리를 듣는다. 그 목소리는 속삭이듯, 간질이듯, 나의 내부 어딘가로부터 솟아나는 것이다. 깨어있어라, 매 순간, 가장 충만한 방식으로 깨어있어라. 아름다운 무명옷을 입은 그 목소리는 뒤돌아보지 않으면서 글썽거리고, 손 내밀지 않으면서 이미 내 손을 잡고 있다.

새로운 세계로 가는 배내옷

수의는 이 별에 처음 올 때 벌거벗은 맨몸이었던 우리가 지상에서 걸치게 되는 마지막 옷이다. 그것은 마지막 옷이면서 동시에, 또 다른 저편 세계에서 막 태어나기 시작한 이의 최초의 옷이다. 죽음을 통해 순환의 새로운 마디에 들어선 이의 배내옷, 마지막이면서 처음인 옷, 그리하여 수의는 나를 향해 웃고 있는 또 다른 나―'나들' 사이의 혼례복이다.

옛 어른들이 수의 짓는 날을 잔칫날처럼 떠들썩하게 하기를 권하고 자신의 수의를 자주 꺼내보며 즐거워하는 것을 자연스러운 습속으로 존중했던 것은 삶과 죽음의 연속성을 믿었기 때문일 것이다. 춤추고 노래하고 음식을 나누어 먹으면서 수의를 짓곤 한 옛사람들의 의식 속에서 죽음은 서구

적 사유가 보여주는 단절과 종말의 이미지를 훌쩍 건너간다. 죽음이 원죄의 귀속이나 불연속의 비애가 아니라 삶의 연속성을 추동하는 배면背面의 힘이라는 것을, 삶과 죽음이 긴밀하게 연결되어 서로에게 젖줄이 되어주고 있다는 동양적 사유는 인류가 지녀온 가장 활달하고 거침없는 자유 의식과도 긴밀히 연결되어있는 듯하다. 살아있는 것들은 모두 죽는다는 사실을 호방하게 깍지 끼며, 자신을 이루었던 육신의 질료들이 다른 무엇인가를 먹이고 기를 수 있음을 낙관하는 자세, 그것은 지금 이 순간의 열렬한 생의 설계와도 동시에 맞물린다.

'죽음을 논다'는 말이 행여 과하다면 '삶을 논다'는 말은 어떤가. 병과도, 죽음과도 놀아줄 줄 안 선인들이 드물지 않게 있었다. 나는 그들이 내게 던져놓은 화두 한 대목 같은 수의 한 벌을 떠올린다. 죽음을 놀 수 있는 정도라면, 삶의 희로애락과는 더욱 열렬하게 놀았으리라. 생의 전방위로 열려있는 슬픔과 놀고, 아름다움과 놀고, 기쁨과 비애와도 열렬하게 놀았으리라. 삶을 노는 일이 죽음을 노는 일이었으리라. 그렇게 삶은 죽음과 놀고 죽음은 삶과 논다. 그래야 살아진다.

나는 어떤 무덤을 지을까

수의를 상상하던 나의 오후가 무덤으로 간다. 나는 어떤 무덤을 지을까, 상상한다. 우선 봉분은 갖지 않으리라 다짐한다. 우리의 산들이 봉분으로 인해 얼마나 황폐화되고 있는지, 특히나 남녘으로 내려가는 새로 놓인 고속도로를 가다 보면 자그마한 산 하나가 봉분들로 인해 완전히 파헤쳐져 산이라고 할 수 없는 지경에 이른 경우도 보게 된다. 새로 놓인 도로들이 대개 산을 뚫고 깎아내어 지어진 것들이라 포개진 산 안쪽에 자리 잡고 있었을 봉분들이 적나라하게 그 모습을 드러내게 된 것일 텐데, 그런 풍경을 마주하면 참 아찔해진다. 양지바르고 아담한 산허리를 통째 잘라내어 앉힌 무덤일수록 석주나 석단 같은 돌 장식들을 과하게 거느리기 십상이고 봉분의 규모도 크다. 명당자리라 하여 홀홀한 어느 산자락까지 찾아들어 가 묘를 쓰는 모양인데, 산허리며 심지어 산봉우리까지 밀어내어 봉분을 앉혀놓은 모습을 보는 일은 정말이지 쓸쓸하기 짝이 없다. 자손들 잘되라고 굳이 명당을 찾는 것일 텐데, 나무를 베고 산을 깎아 죽이면서 어떻게 다음 세대의 평안을 소망할 수 있을까. 산 하나를 허무는 일을 대수롭지 않게 행하는 이 문명은 정작 산 하나가 만들어지기까지 얼마나 기나긴 세월의 힘이 필요한지 가늠하지 못한다. 다음 세대에게 가장 절박한 생존의 문제가 될 것이 틀림없는, 자연의 황폐화로 인해 발생할 예측불허의 재앙들을 산을 밀어버린 자리에 우뚝하게 앉은 봉분들에서 읽게 되는 슬픔이라니. 우리의 무덤들은 너무 높이, 너무 외따로 격리되어있다. 산을 밀고 나무를 베면서 묘터를 닦는 일은 땅에 깃들어 살다가 다시 땅으로 돌아가는 육신이 정말로 원하는 것이 아닌 듯하다.

봉분이 아름다워 보이는 곳들이 있다. 나는 제주도의 무덤들을 좋아한다. 제주도의 무덤들은 대개 밭 가운데나 귀퉁이에 마치 퀼트 조각처럼 붙어있다. 검은 돌을 총총히 너무 높지 않게, 그저 야트막하니 쌓아 경작하는 곳과의 경계를 지어놓았을 뿐인 제주의 무덤들에서 산 자와 죽은 자의 공간은 자연스럽게 몸을 섞는다. 부모의 묘를 앉힌 밭에서 그 자식들이 마늘을 심거나 밀을 베다가 새참과 함께 온 술 한 잔을 무람없이 묏등에 부어드릴 수 있는 거리, 먼저 살았던 조상의 육신은 그렇게 흙으로 돌아가고 그 육신의 질료들이 밭의 작물들을 살지우고 키우는 데 조력하는 그 거리만큼이 나는 좋다. 삶과 죽음의 경계가 말랑말랑해지는 거리, 굽이치는 물마루처럼 유장하게 연결되어 치렁거리는 그 시공간성의 미감이 좋다. 삶의 공간에서 여여하게 무덤을 마주하는 이들은 유한성의 자각 앞에 보다 겸손해질 듯하고, 과도한 욕망의 덧없음과 한계를 보다 지혜롭게 깨달을 수 있을 듯하다. 물론 그것은

의식보다는 무의식의 어떤 영역에 각인되어 숨은 신을 대하
듯 유전될 것이지만 말이다. 여하한 제주의 무덤들을 배회하
다 보면, 강팍하게 모가 선 내 마음의 어떤 결들이 순해지고
착해지는 느낌을 받곤 한다. 어떤 밭의 무덤은 긴 세월 속에
너무도 낮아져서 경작지와의 높낮이 차이마저 없어지고 다만
무덤을 감싸놓았던 검은 돌들만 증거로 남았다가 어느 비바
람 치는 날 돌들이 흩어지고 나면 그저 밭으로 돌아갈 것이다.
혹은 봄풀이 키를 키워 검은 돌 위로 우거지는 어느 날 무연히
밭으로 돌아가 씨앗을 받고 싹을 틔우는 땅의 몸이 되리라.

　다른 때라면 배편도 좋지만, 봄밀이 익을 계절이면 비행기
를 타고 제주에 가고 싶어진다. 착륙하기 오륙 분 전에 잠시
보이는 지상의 풍경 때문이다. 잘 익은 황금빛으로 출렁이는
밀밭 속 여기저기에 초록빛 작은 보자기를 펼쳐놓은 듯 봄풀
이 푸르게 돋은 무덤들, 황금빛과 초록빛의 경계에 꼼꼼한 바
늘땀을 놓은 듯한 검은 돌빛, 아기자기한 조각보 같은 그 풍경
을 아주 잠시지만 발아래 보고 있으면, 산다는 일이 참 신명
난다. 게다가 봄물이 가득 오른 제주 바다 한 자락까지 시야
에 함께 들어오는 짧은 한순간, 출렁이는 풍성한 것들 속에
싱싱한 초록으로 물이 오른 무덤들은 그 선명한 빛깔들의 향
연 속에 삶과 죽음의 원융을 아득한 율동으로 펼쳐 보인다.
그 순간, 나는 이유를 모른 채로 '신명'이라는 말을 중얼거린

다. 또한 그런 순간, 내 무덤이 저 풍경 속에 앉아있어도 좋겠다는 생각을 할 때가 있다.

그러나 아무래도 내 무덤은 오랫동안 꿈꾸어 온 '나무 무덤'이 좋겠다. 헐벗은 어느 자그마한 산이나 민둥한 둔덕쯤에 나를 묻고 내 위에 어린나무 한 그루 심어주면 좋겠다. 이 별의 근원 질료로 돌아가기 시작한 내 몸이 어린나무를 기르고 그 나무를 보호해줄 수 있으면 좋겠다. 내 무덤을 상상하는 일은 언제나 가슴을 뛰게 한다. 두근거림 속에 내 상상은 점프한다.

'시인 묘지' '음악가 묘지' '누구네 가족 묘지' '무슨 동네 묘지' 등의 예쁜 푯말이 붙어있는 입구에 들어선다. 나이와 종류가 다양한 나무들이 아름답게 자라고 있는 산이나 자그마한 공원 숲을 상상한다. 묘지라는데, 묘는 어디 있나? 처음 온 사람들이 두리번거리다가 이윽고 숲의 향기에 취해 걷기에 몰두하고 그렇게 숲을 즐기며 걷다가 문득 발견한다. 각각의 나무마다 다양하게 디자인된 작고 가벼운 나무 푯말이 가지 끝에 매달려있는 것을. '시인 누구' '화가 누구' '존경하는 엄마' '사랑하는 아빠' 등등의 푯말이 짤랑거리는 아름다운 숲! 묘지 자체가 하나의 울창한 숲인 나무 묘지! 인간에 의해 헐벗게 된 빈산에서 시작해 속죄를 드리듯 아름다운 나무들을 키울 수 있으면 좋겠다. 나무로 선 내 가장 가까운 곁에 내가 사랑한 사람이 한 그루 나무로 와 서고 그 옆에 또, 그 옆에 또⋯⋯ 나무로 선 사람들이 모여 숲을 이루고 새를 기르고 맑은 공기를 뿜으며 다음다음다음 세대의 아이들을 지켜줄 수 있으면 좋겠다. 살아서 사랑했던 사람들이 나무 한 그루씩으로 서서 세월 속에서 점점 더 아름다워질 수 있다면 정말이지 근사하지 않은가. 나무로 선 내 앞에 다음다음다음 세대의 한 아이가 와서 잎사귀를 쓰다듬어보고 둥치에 손을 대보기도 하다가 '그런데 시인 김선우가 누구지?' 혼자서 종알거리다가 무심한 얼굴로 가도 좋겠다. 그 아이가 시인을 꿈꾸어도 좋겠다.

수의로부터 무덤에 이른 내 상상은 이제 축복의 말을 던져 올리기 시작한다. 과거의 육신이 미래와 연결되는 가장 찬란한 통로, 나의 배내옷이며 수의인 나무! 나무 묘지여! 축복한다.

사진기,
빛의 방을 떠도는
헛것들을 위하여

저 둥글고 깊은 외눈

   스물너댓 살쯤의 여행길에서였다. 그때 나는 도무지 사는
일이 재미가 없었나 보다. 이상하게도, 청춘인 그때에 나는 내
육체가 입고 있는 청춘의 시간성이 너무 헐렁하거나 조이는
옷처럼 부담스러웠고 비슷한 또래의 다른 청춘들을 바라보는
일 또한 그랬다. 막 피어나는 청춘들에게서 인생의 끝을 미리
보아버린 사람처럼 나는 내 청춘을 연민했다. 채워지지 않는
허기에 조갈증이 난 영혼을 끌고 자꾸 길 위로 나서곤 했고,
그때도 그랬다. 남해의 외딴 섬에 찾아들어 한 달포를 보내고
육지로 나온 뒤에도 집으로 가는 길을 자꾸 에둘러 결국은
낯선 지방의 절집 아래 발을 묶고 여러 날이 흐른 뒤였다. 사
진기를 메고 여기저기 걷다 돌아온 뒤, 탁자 위에 올려둔 사
진기 렌즈와 무심하게 눈이 부딪혔나 보다. 커다랗고 둥근 눈.
맑고 깊지만 심중을 헤아릴 수 없는 건조한 광택을 지닌 눈이

나를 빤히 바라보았고 나 역시 그 눈을 빤히 바라보았다. 그렇게 물끄러미 사진기를 바라보다가 나는 갑자기 짐을 쌌다. 그리고 오래 비운 집으로 돌아갔다.

그 뒤로도 종종, 길 위에서 떠도는 발길을 집으로 이끄는 데 내 오래된 사진기가 한몫하곤 했다. 몸은 피곤해져 이제 그만 집으로 돌아가고 싶은데 마음이 영 길을 못 잡고 허둥댈 때, 통과제의를 치르듯 사진기 렌즈를 마주 대하고 앉아 느릿 느릿하게 차나 술을 마시곤 했다. 몸 전체가 하나의 눈인, 눈자루를 받치고 있는 어둡고 깊은 방 하나가 자기의 전부인 사진기의 둥근 눈을 빤히 바라보고 있노라면 내가 탐닉한 헛것들의 세계가 문득 정다워지고, 헛것 가득한 세계의 속수무책에 징글징글한 연민이 피어오르기 시작하는 것이다. 그러면 미칠 듯이 집에 가고 싶어지는 마음이 생겨나곤 했다.

참 미묘한 화학반응, 도대체 저 외눈박이 섬과 나 사이에 무엇이 있었던 걸까. 둥글고 깊은 외눈 속에서 빤히 나를 바라본 것이 정말은 누구의 눈이었을까. 내가 사진기를 통해 들여다보던 꽃, 풀, 구름, 골목, 나무의 주름 같은 것들이 이번엔 나를 빤히 들여다보면서, 내 존재를 그들 앞에 증명해 보이라고 다그쳤는지도 모른다. 내 존재의 증명을 위해 떠나온 집으로 돌아가야 했는지도.

귀로 직전에 내가 극명한 감정의 반응을 보이는 데 비해 사진기는 무표정으로 일관하곤 한다. 그는 좀체 자신의 표정과 체온을 들키지 않는다. 방금 전까지 내 손 안에서 외부를 향해 뜨거운 시선을 던지던 사진기는 손에서 놓여나 탁자 위에 섬처럼 앉는 순간 자신의 내부를 향해 오래도록 면벽한 자의 얼굴로 돌변한다. 그는 손안에서 뜨겁지만 손 밖에서 지독히 냉정하다. 극단의 적막과 무표정, 그가 내 손안에서 외부를 향해 던지던 시선이 소통의 열망인 동시에 단절의 열망이기도 했다는 것을 그 순간 나는 깨닫는다.

그는 광장과 닫힌 방을 동시에 추구하는 극단의 자기모순에 동요하지 않는다. 생이란 원래 그런 거야. 무심히 씹어뱉고 돌아앉아 무구한 낮잠에 드는 부랑자 거리의 철학자처럼. 내부에서 충돌하는 극단의 모순 앞에 나는 쩔쩔매지만 그는 침착하다. 그는 자기 몸속의 어둠으로 빛의 그림을 그리는 데 익숙하다. 셔터가 열렸다 닫히는 찰나의 순간, 빛이 날라 온 형태를 몸속에 고스란히 아로새기기 위해 스스로 완벽한 어둠의 주인이어야 함을 그는 흔쾌히 접수한다. 찰칵, 이게 생이야. 빛이 만든 그림들이 그의 어두운 몸속에서 태어난다.

나는 무표정한 그의 얼굴을 경이롭게 바라본다. 저 무표정한 적막 속에 실은 얼마나 뜨거운 것들이 들끓고 있는지, 세상의 들끓는 것들 속에 실은 얼마나 큰 적막이 똬리를 틀고 있는지. 내 오래된 사진기가 귀로를 재촉할 수 있게 된 것은,

극단에서 극단으로 점프하는 운명을 아무렇지 않은 듯 수납한 그의 고독 때문인지도 모른다.

사진기를 쥔 손

처음 사진기를 가졌을 때와 달리 사진 찍는 횟수가 점점 줄어 한 장의 사진도 찍지 않고 돌아오는 여행길이 늘어간다. 꽃과 풀, 나뭇잎, 나무줄기와 우듬지, 바윗결, 이끼, 개펄이나 모래벌판, 돌이나 조개껍데기의 무늬들, 지렁이나 달팽이가 기어간 흔적, 찢어진 그물코, 돌탑 위에 내린 서리, 묘비들, 고드름 속의 미세한 균열, 미묘한 빛깔의 흙, 흙 속에서 부식되는 초식동물들의 배설물, 우체통, 문고리, 다양한 뉘앙스의 골목 어귀, 깨진 가로등, 넝쿨식물이 있는 오래된 담장……. 여행길에서 내가 찍어 오는 사진이란 게, 사진만으로는 다녀온 곳이 어디인지 심지어 무엇을 찍은 것인지 분간이 안 가는 때도 있다. 그런데도 왜 그것을 찍고 싶어 했는지는 알 수 있다는 것이 신기하다.
　아름다운 주름을 가진 노인들을 만날 때 간혹 사람을 찍고 싶어질 때가 있지만, 여전히 나는 모르는 사람의 얼굴을 향해 렌즈를 갖다대는 것을 좋아하지 않는다. 내가 사진 찍히는 것을 그다지 좋아하지 않는 것처럼 내가 모르는 그들도 그럴지 모른다는 생각이 들기 때문이다. 그리고 그런 느낌은 사람을 넘어 나무나 풀, 바위나 우연히 마주치는 새들에게까지 고스란히 전이되곤 한다.

초봄 눈 덮인 산 구릉에서 복수초나 얼레지를 발견하고 사진을 찍기 위해 눈이나 낙엽을 헤치다가 별안간 내가 그들의 사생활을 방해하고 있다는 느낌을 받을 때가 있었다. 미묘하게 번진 단층의 빛깔에 반해 렌즈를 들이대고 셔터를 누를 때, 고요한 오수를 즐기던 지층이 화들짝 잠에서 깨어나 투덜거리는 듯한, 그의 사색을 방해한 듯한 느낌에 빠질 때도 있었다. 활짝 핀 꽃술에 렌즈를 들이대고 셔터를 누를 때 셔터 소리에 꽃이 깜짝 놀라 움칫거리는 듯한 느낌, 그런 느낌이 들고 나면 내내 뒷덜미가 켕기곤 한다. 그들이 사진 찍히는 걸 좋아하는지 아닌지도 모르면서 아무 때나 불쑥 렌즈를 들이미는 것이 영 황망하게 느껴지는 때가 잦아진다. 예컨대 반쯤 벌거벗고 행복한 오수에 든 내 방 창문을 누군가 노크도 없이 벌컥 열어젖힌다면 나는 어떤 기분이 들겠는가.

오래 사귀어둔 꽃과 나무가 아니라면, 낯선 지방에서 처음 만나는 꽃과 나무와 바위들이라면 먼저 양해를 구해야 한다는 것을 그간 내 사진기 속에 들어와준 이들이 가르쳐주었다. 나지막하게 걸어 내려오라. 나의 사생활, 나의 고요를 다

치지 말라. 조용히, 마음으로 말을 걸어오라.

상처를 낳는 깊은 구멍

특별한 느낌을 주는 사진을 만날 때, 그 사진을 태어나게
한 사진기를 상상하게 된다. 사진기의 종류가 아니라, 그의
몸 - 빛의 방 말이다. 몸속에 어둠의 무대를 마련해놓고 자신
이 허락한 순간의 빛이 몸속으로 흘러 들어오는 때, 그가 지
녔을 설렘과 두근거림 같은 것. 빛이 보내온 형태를 자기 몸속
의 무대에 아로새기는 동안, 과학의 논리로 설명할 수 없는
어둠과 빛의 교감이 그 방에서 일어날 것만 같다.

사진기의 몸속에서 일어나고 있을 전율과 설렘, 분노와
경악, 기쁨과 슬픔 같은 것이 고스란히 느껴지는 사진들이 있
다. 케빈 카터의 <수단의 굶주린 소녀>를 볼 때도 그랬다. 기
아와 내전의 실상을 알리기 위해 수단 남부로 들어가다가 굶
주려 죽어가는 어린 소녀와 소녀의 죽음을 기다리는 독수리
를 향해 그의 사진기가 셔터를 열었다 닫았을 때, 사진기 내
부의 어두운 방은 얼마나 깊은 슬픔으로 몸을 떨었을까. 순간
의 빛이 보내 온 정보를 자신의 몸에 아로새기는 동안, 사진기
의 몸속을 떠다녔을 절망감과 흐느낌 같은 것이 사진 속에 묻

어있다.

셔터를 누른 후 케빈 카터는 곧바로 독수리를 쫓고 소녀를 구해주었다고 한다. 엄청난 반향을 불러일으킨 이 사진으로 1994년 퓰리처상을 수상한 지 삼 개월 후 케빈 카터는 스스로 목숨을 끊었다. 그의 나이 서른셋이었다고 한다. 사진 발표 당시부터 끊임없이 제기되었던, 촬영보다 먼저 소녀를 도왔어야 했다는 비판이 그의 자살과 얼마나 연관되어 있는지는 알 수 없지만, 누구도 자살을 선택할 수밖에 없었던 그의 고통 앞에 함부로 돌멩이를 던질 수는 없는 것이다. 고통의 현장으로 스스로를 몰고 간 이들의 작업으로 인해 보이지 않던 진실들이 세상 밖으로 나오게 되고 연대와 보호의 실천이 시작되곤 하므로.

사진기는 그의 눈이 본 것, 그의 몸이 받아안은 것을 현재형으로 사는 존재다. 셔터가 차륵, 열렸다 닫히고, 엎드린 소녀의 갈비뼈에서 마지막 숨이 할딱이며 빠져나가는 소리가 어두운 몸 깊이 회오리쳐올 때, 이미 과거가 되었으나 그의 몸 속에서는 여전히 현재인 그 광경을 감당하고 기록해야 하는 사진기의 슬픔. 롤랑 바르트의 사유가 보여주는 바 사진이 상처라면, 사진기는 상처를 낳는 깊은 구멍이며 여러 겹의 슬픔으로 상처들을 감싸고 있는 창백한 알 주머니다.

세계의 각지에서 촬영된 보도사진들을 보고 있으면 '증오

할 권리'라는 말을 중얼거리게 된다. 인간이 얼마나 잔인해질 수 있는지, 우리가 믿고 싶어 하는 인간성의 존엄이란 도대체 무엇의 이면인지, 이 세계 속에서 증오를 배운 아이들이 있다면 그들의 증오가 온당하다는 생각이 들 때도 있다. 증오할 권리를 얻은 동시에, 사랑할 권리를 빼앗긴 아이들이 세계의 도처에 존재하는 한, 그들을 자신의 현재로 아프게 복원하게 될 사진기의 슬픔도 계속될 것이다. '사랑할 수 있는 능력'이 절박하다고 홀로 중얼거리면서.

시간아, 나를 잘 만져다오

우리는 거의 항상 아름다운 청춘들의 사진에 둘러싸여 산다. 온갖 종류의 매체에서 젊음과 아름다움에의 맹신이 광적으로 유통되며, 지루함을 느낄 새 없이 새로운 청춘의 이미지들이 발 빠르게 공급된다. 젊고 아름다운 여자와 남자의 사진을 하루 한 번 이상 보지 않고 도시에서 살아가기란 거의 불가능하다. 그들이 나와 전혀 무관한 사람들인데도 말이다. 우리는 흔히 영원한 젊음을 동경하지만 이삼십 대의 얼굴에 고착되어 더 이상 늙지 않는 얼굴을 상상해보라. 그것은 끔찍한 일이다. 인간이 나무처럼 늙어가지 못하는 것은 아쉽지만,

늙는다는 것은 그 자체로 충분한 미감을 지니고 있다.

텔레비전이나 신문을 보다가 마음이 착잡할 때가 많아진다. 우리 사회의 미디어는 급기야 노화를 '질병'으로 취급하는 지경에 이른 듯하다. 암 투병을 하듯 싸워 극복해야 할 대상으로 '늙어감'의 시간성을 전락시킨다. 젊음과 청춘은 맹목적으로 예찬되고 나이 듦과 노년은 무가치해진다. 차이의 이해와 소통, 상생의 문화에 대한 다양한 문제제기들이 되고 있지만, 노화를 질병으로 치부하는 이 기막힌 난센스에 대해서는 아직도 침묵이 깊은 듯하다. 젊음의 대립항으로 늙음을 상정하는 이분화된 미의식은 결국 우리의 전 생에 관여하는 미감을 총체적으로 향유할 수 없게 만든다. 이것은 안타까운 일이다. 태어났다는 것은 나이를 먹어간다는 것이고 늙어간다는 것인데, 젊음에의 과잉된 애착으로 안간힘 쓰다가 늙어감의 미감을 잃어버리는 것은 얼마나 우스꽝스러운가. 젊음을 자신할 수 있는 시기는 인생에서 얼마 되지 않는다. 평균연령은 점점 길어지는데, 서른 살만 넘기면 벌써 노화를 걱정하고 마법에 걸린 사람들처럼 늙어감을 한탄하는 사회는 아무래도 좀 이상하다.

젊음은 찬란한 매혹이지만 젊다는 것만으로 아름다움이 획득되는 경우를 나는 별로 보지 못했다. 오히려 한 인간을 뿌리부터 송두리째 공명시키는 아름다움은 거의 언제나 잘 늙어가는 육체로부터 오는 것이었다. 우리는 누구나 아름답기를 원한다. 좀 더 정확하게 말하자면, 아름답게 늙어가기를 원한다. 아름답게 늙어가는 이들을 바라볼 때 행복하다. 다양한 늙음의 양식을 바라보며 잘 늙어가기 위한 지혜를 구하곤 한다. 때로 마음속으로 점수를 매겨보기도 한다. 아, 참 아름답구나, 혹은, 절대로 저렇게 늙어서는 안 되겠다 등등. 운좋게도 내게 평균수명만큼 사는 것이 허락된다면, 내가 그랬듯이 나를 아는 젊은이들이 아, 참 아름답게 늙었군요, 라고 생각할 수 있었으면 좋겠다.

노년의 얼굴은 외형적인 조건에 자신을 속박시키지 않는다. 그 얼굴은 그가 살아온 세월, 시간이 만져준 육체의 이면을 정확히 보여준다. 노년의 아름다움은 청춘의 아름다움보다 냉혹한 것이다. 노년의 아름다움은 자신이 살아온 삶과 분리되지 않는다. 주름 가득한 테레사 수녀나 니어링 부부의 얼굴이 주는 미감은 젊음의 싱싱함만으로는 도저히 도달할 수 없는 아름다움을 지녔다. 잘 늙어간 육체는 무한히 확장된다. 육체와 정신의 이분법이 존재하지 않는다. 육체가 정신에, 정신이 육체에 자연스럽게 스며있는 아름다움은 노년이 아니고서는 얻을 수 없는 최상의 미감이다. 외모의 중압으로부터 벗어나 참으로 자유로워진 육체, 단지 육체의 표면으로 평가되는 것이 아니라 진실로 그의 영혼이 무엇을 성취하며 살았지 보여주는 노년의 얼굴을 사랑한다.

　어느 날 문득 거울 속에서 여러 가닥의 흰 머리카락을 발견한 후 갑자기 셀프 포트레이트에 매혹을 느끼기 시작했다. 사진 찍히는 것을 즐기지 않는 취향에 기대어본다면 대단한 지각변동인 셈이다. 청춘의 시절에 느끼지 못하던 몸에 대한 기록의 욕망이 서른 중반에 이르러 잔주름이 많아지는 때에 찾아들기 시작한 것이다. 어둠의 숨결로 차려놓은 빛의 방, 은밀하고도 적나라한 사진기 앞에 서서 때때로 묻는다. 너의 몸에 스미는 빛들이 나의 어디에서 흘러갔는가. 시간아 나를 잘 만져다오. 나도, 시간을 잘 만져줄 수 있기를 원한다. 빛의 방을 통과하는 치렁치렁한 시간의 주름을 눈부시게 바라볼 수 있기를.

20

휴대폰,
잃어버린 시간을
찾아서

할 수만 있다면, 프루스트가 사랑한 마들렌 과자 맛의 신비처럼, 저 얄쌍하고 세련된 디자인의 휴대폰을 맛있는 커피한잔과 함께 먹어치웠으면 좋겠다. 차에 적셔 흐물흐물해진 마들렌 과자 같은 휴대폰 한 조각을 입속에 넣고 천천히 녹이면서 빨아먹었으면 좋겠다. 혀와 입천장을 통째 사용해서 부드럽게 으깨어 먹었으면 좋겠다. 휴대폰에 대고 끊임없이 말을 생산하던 바로 그 입속에서, 부드럽게 녹아 사라지는 휴대폰 비스킷, 휴대폰 쿠키! 그러고 보니 휴대폰은 커피나 차에 찍어 먹기에 딱 좋게 생겼다. 마지막 한 모금 커피로 입속을 가시면서 아, 이렇게 퍽퍽하고 맛없는 기억들이라니! 탁탁 손을 털고는 어디선가 맛있게 익어가는 기억을 찾아 홀홀한 빈손으로 떠나는 사람들의 유쾌한 도발을 바라볼 수 있었으면! 프루스트에게 차에 담근 마들렌 과자 한 조각의 맛이 옛 추억의 콩브레 시절을 생생하게 불러내게 한 비밀의 문이 되었듯이, 오늘의 우리에게는 이 납작하고 얄쌍한 휴대폰 조각을 커피에 적셔 맛있게 먹어치우고 빈손으로 문 밖을 나서는 순간이 잃어버린 시간을 찾아가는 먼 길의 첫 번째 문이 될지도 모른다.

밤새워 연애편지를 쓰거나 친구에게 선물할 멋진 시 구절을 찾아 도서관을 배회하면서 몸속에 가득했던 그윽한 떨림, 백목련 가득한 봄날의 골목 공중전화 앞에서 가슴 쿵쾅거리며 공연히 얼굴 붉어지던 설렘, 누군가의 집 담장 밑에서 우연히 창문이 열리기만을 기다리며 서성거려본 사람의 달큰하고 풋비린내 나는 미숙한 열기 같은 것, 풋것이지만 싱싱한 감각의 미로를 고스란히 아로새길 수 있었던 시간들은 사라졌다. 사라져간다. 오늘의 우리의 감각은 명백히 퇴화하고 있는 중이거나 아니면 비약적인 돌연변이 진화를 경험하고 있는 중인지도 모르겠다. 지우고 쓰기를 거듭하며 밤새운 연애편지 한 장의 떨림과 설렘을 발신메시지 저장 기능을 갖춘 휴대폰 문자메시지만으로도 충분히 대체할 수 있다면, 우리는 소통 도구의 진화 속도에 발맞추어 격렬한 돌연변이 진화를 해가고 있는 쪽일 것이다. 사랑해, 보고 싶어, 등속으로 요약되어 저장되었다가 언제든 간편하게 호출해 보낼 수 있는 짤막한 문장만으로도 관계의 싱싱한 떨림들을 잃어버리지 않을 수 있다면 말이다.

관계 맺기의 떨림과 설렘을 야금야금 먹어치워온 휴대폰

을 커피에 적셔 부드럽게 으깨어 먹는 상상을 하면서 나는 킬킬거린다. 그간 우리 생활 속에서 휴대폰이 먹어치워온 감각의 세부들이 내 혓바닥 위에서 살금살금 다시 살아난다. 내 상상은 내친 김에 한 발짝 더 나간다. '정상적인 사회생활을 하는' 대한민국 성인이라면 누구나 갖추고 있어야 '마땅하다고 믿어지는' 휴대폰을 폭신폭신하거나 말랑말랑한 질감의 소재로 모조리 바꿨으면 좋겠다. 눈뜨면서부터 잠자리에 들 때까지 마치 신체의 일부처럼 '휴대하는' 이 전화기들이 죄다 이토록 금속성에 가까운 딱딱한 소재들인 것은 뭔가 좀 엽기적일 뿐만 아니라 쓸쓸한 일이다. 유선 전화기만으로는 도저히 현대의 속도를 좇아갈 수가 없어 하루 종일 전화기를 휴대하며 만지작거려야 하는 것이 피할 수 없는 운명이라면, 운명을 보다 적극적으로 말랑말랑하게 진화시켜보는 노력이 필요하지 않겠는가. 요컨대 세상의 휴대폰들은 사람의 체온과 피부의 느낌에 좀 더 가까워져야 한다.

공원에 산책을 나온 남자가 터벅터벅 걸으면서 한편으로는 휴대폰에 대고 무어라 끊임없이 짜증 섞인 목소리로 소리쳐대는 것을 바라보는 일이나, 영화관 앞좌석의 여자가 영화를 보면서 너무나 익숙한 자세로 문자를 날리고 받는 것을 바라보는 일 등이 도무지 이상하지 않은 이상한 날들이 지속되고 있다. 여행이나 스포츠를 즐길 때, 심지어 잠자리에 들 때까지, 우리가 '휴식을 취한다'고 스스로 규정하는 거의 모든 시간들에 빠지지 않고 휴대되는 이 특별한 소통 도구가 총처럼 차갑고 딱딱한 금속성 일색이어서야 우리의 감각이 오금을 펴겠는가. 촉각은 원초적인 감각이다. 휴대폰을 귓바퀴에 대거나 손에 잡을 때, 딱딱하고 차가운 기계 대신 말랑말랑하고 따뜻한 손의 촉감을 최대한 살릴 수 있다면 우리의 일상이 조금쯤 위로받을 수 있지 않을까. 시각 촉각 청각이 한 손 안에 쏙 들어오게 구현되는 이 특별한 사물에 후각의 풍미를 더할 수 있어도 좋겠다. 이를테면 갓 지은 밥 냄새, 갓 구운 빵 냄새, 갓 볶은 커피 냄새, 막 머리를 감은 연인의 신선한 머리카락 냄새 같은 것이 풍기는 휴대폰! 나는 상상을 통해 불러일으킨 후각에 이어 다시 미각을 발전시킨다. 오고 간 말들의 질감에 따라 달디달거나 소태같이 쓰거나 닝닝하거나 짜디짠 여러 가지 맛들이 순간 저장되는 휴대폰! 다시 나는 상상한다. 짜거나 쓰거나 닝닝한 맛의 휴대폰을 커피 잔 속에 담가 흐물흐물하게 적셨다가 입속에 넣는다. 때로 마른 과자 씹듯 와삭와삭 씹어 먹는다…….

내 상상의 종착지가 결국은 '먹어치우는' 것으로 귀결되는 것을 보면, 그렇다, 아무래도 나는 휴대폰의 존재가 불편한 모양이다. 혹은 전화기를 '휴대해야 할' 지경이 되어버린 일상의 어느 결에서 들려오는 그 무엇인가의 작고 띄엄띄엄한 노크 소리가 마음에 걸리는 모양이다.

이 많은 말들은 다 어디로 가나

오랜만에 서울의 전철을 타게 되었을 때다. 꽤 긴 나라 밖 여행에서 막 돌아온 참이어서 오랜 여행의 노독이 선물한 일종의 향수 같은 것을 지니고 있을 때였다. 그것은 일테면 한국에 있을 때 내가 그토록 못 견뎌하던 서울이라는 대도시의 막막함조차 그런대로 견딜 만하게 느껴지는 이색적인 경험이었는데, 다양한 대륙을 거쳐온 긴 여행의 체류지들을 내가 충분히 만끽하고 사랑했음에도 불구하고 태어나 자란 곳의 '고향의 느낌'을 대신할 수는 없었나 보았다. 편안한 느낌의 이면에는 말의 문제도 있을 것이다. 자신의 모국어를 쓰는 곳이 아닌 곳에서의 의사소통이란 어떻든 긴장 상태에 놓이게 되는 것이어서, 정확하게 듣고 말하기 위해 신경을 곤두세우지 않아도 되는 언어 환경은 그 자체로 얼마나 안정감을 주는 것인지. 왜 자신이 태어나 자란 곳에서 습득한 언어를 '모국어'라고 명명하는지, 그 말 자체가 얼마나 글썽글썽한 것인지 느껴워하며 퍽 감상에 젖어있을 때였다.

내가 탄 전철 차량의 승객 중 절반가량, 아니 그 이상으로 느껴지는 사람들이 휴대폰으로 무언가 통화를 하고 있었다. 하필 그 시간 그 차량에 유독 집중되어 그런 현상이 나타난 것인지도 모른다는 생각이 들 만큼, 뭔가 좀 비정상의 느낌으로 사방에서 휴대전화들이 울려대고 있었다. 끊임없이 벨이 울리고 사방에서 큰 소리로 통화를 하고 있거나 어딘가로 전화를 거는 중인 사람들, 젊은이들은 휴대폰을 들여다보며 빠른 손놀림으로 어딘가로 문자를 송신하거나 게임에 몰두하거나 내가 모르는 어떤 일들을 끊임없이 휴대폰으로 해결하고 있는 듯했다. 휴대폰의 조그만 액정 속에 청년들을 저토록 무아지경에 빠뜨릴 수 있는 어떤 내용물이 있는 것인지 휴대폰의 세계에 무지한 나는 도무지 점치기 힘들었지만 그들은 몰두하고 있었고 몰두 자체로 외부에 강력한 방어막을 치고 있는 것이어서 저마다의 사람들이 하나씩의 섬처럼 전철 속에 둥둥 떠있는 느낌이었다. 그것은 일종의 순간적인 착시 같은 것이었는데, 영화에서처럼 소리들이 일시에 소거되며 휴대폰에 대고 무어라 소리치거나 소곤대는 사람들의 입 모양, 귀 모양, 액정을 뚫어져라 응시하는 눈, 빠르게 무언가 꾹꾹 눌러가는 손가락들이 어안렌즈 속의 세계처럼 과잉 왜곡되어 클로즈업된 채 전철 안을 가득 메우고 있는 듯한 느낌을 불러일으켰다. 사람들은 모두 모국어로 말하고 있었고 모국어로 문자를 송신하고 있었지만 나는 순식간에 이방인의 느낌 속에 빠져들고 말았다. 나만이 아니라 전철 안의 모두가 서로에게 이방인인 느낌 같은 것이었다.

그런 풍경은 내가 지나온 어디에서도 경험하지 못한 것이었다. 세계 소비 자본주의가 가장 세련된 방식으로 물화된 첨단 도시라는 뉴욕에 가보지 않았으니 그곳에서 휴대폰이 어떤 권능을 행사하고 있는지는 모르겠다. 문명의 속도가 한국의 서울보다 느린 곳들에서야 말할 나위 없지만, 한국보다 여러 가지 지표들에서 선진국이라고 분류되는 유럽과 북미와 오세아니아의 여러 도시에서도 이런 풍경을 만나본 적이 없었다. 이것이 초고속으로 성장한 IT산업 강국의 자랑스러운 면모인지 양철 냄비처럼 달아오른 소비 자본주의가 낳은 천박한 물신화 방식인지 헷갈리는 순간이었다. 사람들은 누구나 필요하다고 생각해서 휴대폰을 구입할 것이다. 그러나 불필요한 필요를 끊임없이 창출해야만 살아남을 수 있는 것이 소비 자본주의의 생리이기도 하다. 필요해서 산 것이라고 생각한 것이 실은 '외부로부터 조장된 필요'에 의한 것일 경우가 더 흔하게 발생하는 것이 우리가 속한 세계인 것이다.

모국어에 대한 향수를 단번에 걷어가 버린 그 전철 안에서, 약간 기우뚱하고 어리둥절한 표정으로 우두망찰 나는 중얼거렸을 것이다. 이 많은 말들은 다 어디로 가나……. 불과 십 년 전만 하더라도 대다수의 사람들이 전화기를 휴대하고 다니는 세상이 오리라고는 생각하지 않았을 것이다. 전화기 등속을 휴대하지 않고서도 사랑은 이루어지고 연애는 지속되었으며 오래 산 사람들은 지상을 떠났고 새로운 아이들이 태어났다. 어쩌다가 우리는 사람 수만큼의, 혹은 그 이상의 휴대전화를 가지게 된 것일까. 혹시 우리는 소비자는 왕이라는 달콤한 문구에 현혹된 채 시장과 새로운 상품의 소비를 위해 적극적으로 동원되고 있는 것은 아닐까. 기술과 산업의 진보는 결국 누구를 위한 것일까. 도대체 기술이 진보하면 무엇이 좋아지는 걸까. 강원도 깊은 산중에서도 휴대폰으로 통화를 할 수 있는 세상이 되었다는 것이 우리의 행복에 얼마나 기여하는 것일까…….

불과 일이 년이면 이미 구모델이 되는 갖가지 통신기기들이 매년 쏟아진다. 언제나 최신모델이 대기 중이고 철 지난 모델은 더 이상 사용할 수도 없게 만드는 판매 전략들이 횡행하지만 개인으로서의 소비자는 소수 거대 기업이 독점하다시피 한 시스템 앞에서 거의 언제나 무력하다. 그날, 저마다 고독한 섬처럼 고개를 파묻고 강력한 소통 도구인 휴대폰을 자기 몸 가까이 바싹 끌어당긴 사람들 속에서 나는 어쩌면 슬픔을 느꼈는지 모른다. 이 아찔한 현대의 속도 속에서 우리가 정말 '통신'하고 싶어 하는 것은 누구인 걸까. 누군가와 바싹 '연결' 되어있지 않으면 불안해지는 우리가 정말 연결되어야 할 - 소통할 수 있어야 하는 이는 바로 자기 자신인지도 모르겠다.

낮은 무릎이 필요하다

고독도 과하면 병이 되고 관계도 과하면 병이 된다. 그저 즐길 만한 수준이면 좋다. 즐길 수 있기 위해서는 적당한 거리와 침묵이 필요하다. '적당한'이란 어느 만큼일까. 어린 시절 종이컵 두 개를 실로 연결하여 만들었던 전화기 같은 것, 방문 이쪽과 저쪽에서 한쪽은 귀에 한쪽은 입에 대고 무어라 소곤소곤 말하고 듣던 그 거리만큼이면 좋을 듯싶다. 무슨 말이 내게로 건너오는지를 듣기 위해 참으로 진지하게 귀를 쫑긋하던 그 설렘과 떨림의 거리. 그만큼이 전화기라는 사물이 구현할 수 있는 가장 아름다운 거리가 아닐까 생각하곤 한다. 그 쫑긋거림, 저편의 숨결까지 감지하고자 온몸을 기울이는 극진함이 살아있는 세계. 문 저편이 침묵 중이라면 침묵의 언어를 극진한 마음으로 헤아릴 수 있었으면 좋겠고, 사람의 말뿐만 아니라 갖가지 사물과 동식물과 흙과 물의 말 앞에서도 좀 더 극진해질 수 있었으면 좋겠다. 내 몸에서 꼬르륵 소리가 나는 것처럼 나무둥치 속에서도 물이 순환하는 소리가 들린다는 것을, 그것이 나무의 말이며 나무 한 그루 꽃 한

송이 갖가지 사물들이 실은 너무도 풍성한 말을 거느린 언어의 마법사들이라는 것을 날마다 새롭게 깨달아갈 수 있었으면 좋겠다. 그러기 위해서는 잘-극진하게 들을 수 있는 낮은 무릎이 필요하다.

랄랄라 징검다리 건너

드디어 내게도 휴대폰이 생겼다. 두 번째 시집 출간 직후 전셋집을 처분해 긴 여행을 다녀온 후라, 전화는커녕 집도 없던 내게 제일 먼저 생긴 게 휴대폰이었다. 예정보다 서너 달 귀국을 앞당기게 된 몇 가지 이유 중 하나였던 새로운 일에 착수하면서 휴대폰을 받게 되었다. 내 생에 휴대폰을 갖게 되리라고 한 번도 생각해보지 않았던 일이 아주 자연스럽게 일어나버린 것이다. 휴대폰을 마련하겠다는 제안을 사양하지 않은 것에는, 이메일밖에는 나와 연락이 안 되는 그쪽의 답답함을 이해하는 마음도 있었겠지만 도대체 휴대폰, 그게 뭔지 이참에 한번 써보자는 은밀한 욕구도 한몫했을 것이다. 휴대폰이 없다는 이유로 소소하게 직면했던 불쾌한 경험들도 꽤 있던 터였으므로.

어느 틈엔가 개인적인 용무의 처리를 위해 연락처를 남겨야 할 때마다 휴대폰 번호를 '당연하게' 물어오기 시작한 것이다. 휴대폰 안 쓰는데요, 라고 말하면, 십중팔구는 네? 라고 다시 물어오는 사태가 빈번해졌다. 그것은 대한민국에 거주하는 '정상적인 사회생활을 하는 성인은 당연히 휴대폰을 가지고 있다'는 것을 전제로 하는 발상이어서, 그런 경우에 직면할 때마다 기분이 떨떠름해지곤 한 것이다. 휴대폰이 생겼지만 사태는 크게 달라지지 않았다. 나로서는 휴대전화가 생겼으니 당연히 집 전화를 따로 놓는다는 것은 상상해본 적도 없는데, 이번에는, 집 전화는 안 쓰는데요, 라고 말해줘야 하는 경우가 종종 생기는 것이다. 우리 사회는 '당연하게' 치부되는 것들이 너무 많다. 당연의 세계는 종종 폭력적이다. 몇 살이 지나면 당연히 결혼을 서둘러야 하고, 결혼했으면 당연히 아이를 낳아야 하고, 결혼은 당연히 여자와 남자가 해야 하며, 이제는 심지어 두 개 이상의 전화번호를 당연한 것처럼 요구하는 것이다! 개개인의 관점과 취향의 차이가 당연의 세계 속에서 간단히 평균화되는 사회는 아무래도 좀 이상하다. 잃어버린 시간을 찾아가는 비밀의 문은 당연의 세계 저 너머에서 징검다리를 놓기 시작할 것이다. 내 생활 속에서 휴대폰이 당연하게 느껴지는 어느 날, 나는 와삭! 휴대폰을 깨물어 먹으며 새로 놓은 징검다리를 랄랄라 건너갈 것이다.